河出文庫

夏目漱石、読んじゃえば？

奥泉 光

河出書房新社

香日ゆら
夏目漱石って知ってる？
そう
このポーズの
写真とか
野口英世の
前の千円札の
肖像で有名な
『吾輩は猫である』とか
『こころ』を書いた
明治時代の小説家
そんな
百年経った今でも
読まれてる有名な
小説家の漱石が
……
実は……
スッ
小説を
書きはじめたのは
38歳頃だったって
知ってた？

夏目金之助15歳
……後の漱石は思った
文学で
身を立てたい
そしたら兄に
止められた
文学は職業に
ならないから
やめとけ
それもそうか
21歳の漱石は思った
建築とか
かっこいいな
ああいう
後世に残る
仕事がしたい
そしたら友人が
建築より
文学の方が
長く残るだろ
英国みたいな
建物は日本じゃ
無理だし
それもそうか
こうして帝国大学文科大学
英文学科並びに大学院を
卒業した夏目漱石は
英文学者の英語教師になった
学生時代から
教師のバイトは
していたがね
ここ、超エリートが
地方の中学教諭に！
ということで話題に
なるポイント
愛媛
松山中学に1年
熊本
第五高等学校に4年

そうそう
大学予備門時代に
親しくなった友人が
いるんだけど
漢文で紀行文
書いてみた
てれっ
えっ!?
こいつ英語
できるのに
漢文も
できるのか
落語の話もくわしいし！
それが正岡子規
柿食えば鐘が鳴るなり法隆寺
……で有名な俳人
君も俳句
やろうぜ！
ベースボールも
やろうぜ！
しー
そんな子規の
影響もあって
俳句
書くときの
名前……
ぽん
漢文から
とって
『漱石』にしよう
こうして『漱石』になった
特に熊本にいた頃は
熱心に俳句を作って
発表してたので
五高の教え子と
一緒に俳句を
作ったりしてた
人に死し
鶴に生まれて
冴え返る
叩かれて
昼の蚊を吐く木魚哉
実は小説を書く前から
俳人としては
ちょっと有名だったんだ
俳人
漱石

熊本ではそれなりに楽しく英語教師をしていた漱石だったが
突然国の命令で2年間の英国留学へ
ロンドンは楽しくないし研究に行き詰まってたら
もーー
あーー
イライラ
日本では夏目発狂という話になってるし
えっ!?
帰国したらしたで奥さんともいろいろあるし
出てけー!離婚だー
出てったら困るのあなたですよ!
ガシャーーン
バタッ
バタ
うえーーん
一高や帝大での英語講師の仕事もストレスだらけ
はー……
夏目さん
気を紛らわせるためにでもうちの『ホトトギス』に何か書いてみませんか?
高浜虚子
正岡子規と同郷で俳句の弟子
その縁で漱石とも友人に
ふむ

ヌッ
何を書こうか
のしっ
ファー
ふっ
お前の目から見たら人間の世界はさぞ滑稽だろう
んにゃ
んにゃ
……
ふむ
こりゃ面白いですね
タイトルは『猫傳《ねこでん》』とかどうだろう
でれっ
それよりこの出だしがいいですよ
漱石38歳『吾輩は猫である』誕生

『吾輩は猫である』は
大ヒット
次々と人気作品を
発表しながら
漱石は思った
教師をやめて
創作に
打ち込みたい
しかし安定した
収入がないと
家族を養うのは
難しいし……
無責任には
飛び込めん……
うーん
やめても
大丈夫ですよ
だから！
いろいろと
声かけてくれる
とこはあるけど
こっちの条件OKな
とこじゃないと無理！
その条件で
OKです！
是非うちに！
東京朝日新聞社
主筆も
誠実な人だった
ここなら……
コクン
夏目漱石40歳で
専業作家になる

新聞の連載小説を書き
かき
かき
胃潰瘍に苦しんで
漱石を慕って集まった弟子の相手をしたり
教え子のなかでも物好きが家まで来るようになってしまった
芥川龍之介も弟子のひとり
内田百閒も
たまに精神的にアレになったり
胃潰瘍で死にかけたり
小説を書いたり……
かき
かき
ふぅ…
そうして漱石は人気作家のまま49歳で亡くなった
最後の作品『明暗』は未完のまま今も読み継がれている

——で
読み継がれてるのは いいんだけれど
文豪とか純文学とか 教科書に載ってるとか
なんだか小難しい イメージなんだって？
小難しく 読みたい奴にゃ 勝手に読ませときゃ いいがね
そもそも新聞の 連載小説だよ
こっちだって 毎回ヤマが あるように 書いてるんだしね
気楽に読みゃあ いいじゃないか
ごろん
有名な作品が多いから どれから手を つけていいか困る？
とっかかりが ほしい？
ふむ
では 聞いてみようか
僕の作品が 大好きだという 百年後の小説家に
君は僕の作品を どう読むんだい？

はじめに

「どう読むんだい？」って、そんな急にいわれても困るけどね。まあ僕が漱石大好きっていうのは、たしかに本当のことだけど、昔から漱石の全部の小説が好きだったっていうわけでもないんだよね。あ、僕、奥泉光といいます。よろしく。

で、漱石なんだけど、中学のとき、学校で『こころ』を読めっていわれて読んで、あんまり面白くなかったな。僕が好きだったのは『吾輩は猫である』。小学校五年生のときにはじめて読んで、それからはもう『吾輩は猫である』ばっかり。大人になるまで何十回読んだか分からない。あまり好きすぎて、自分も小説家になって、『『吾輩は猫である』殺人事件』なんていう小説を書いたくらいだからね。

『吾輩は猫である』にはじまって、そのうち漱石のほかの作品も読んで、だんだんと面白いと思うようになっていったんだけど、ここで言っておきたいのは、小説の面白さというのは自分で作るものだ、ということ。小説は文字で書かれているわけで、早い話が紙についたインクの染《し》みにすぎない。本の場合はね。つまり小説というのは、インクの染みから読者が自分で世界を作って、それを自分で面白がるものなんだ。小説が脚本で、それをもとに読者が演出家になって映画を撮るようなものかな。

　そういうのはめんどくさい、と思う人もあるかもしれないけど、小説に限らず、本当に面白いものを楽しむには労力が必要だ。スポーツだって、練習して上手くなって、はじめて面白さが分かるってことがあるだろう。

　小説を面白がるのに決まったやり方があるわけじゃない。それぞれがそれぞれでやればいい。他人がとやかく言えない。でも、僕がどんな風にして漱石印のインクの染みから面白い世界を作ってきたか、それなら少しは話せるかもね。参考になるかどうか分からないけど、よかったら気軽に聞いてくれたまえ。僕もフルート吹いたり、テニスしたりと、いろいろ忙しいんだけどね。

——**奥泉光**

目次

夏目漱石略年譜

年	出来事	主な発表作品
1867 （慶応3）	誕生。	
1890 （明治23）	東京帝国大学文科大学 英文学科に入学。	
1893 （明治26）	帝国大学卒業、 大学院に進学。	
1895 （明治28）	愛媛県尋常中学校 （松山）に赴任。	
1896 （明治29）	熊本第五高等学校に 講師として赴任。結婚。	
1900 （明治33）	英国留学へ。 神経衰弱になる。	
1902 （明治35）	帰国。	
1905 （明治38）		**「吾輩は猫である」**、短編**「倫敦塔」** **「琴のそら音」「一夜」**など
1906 （明治39）		短編**「趣味の遺伝」**、**「坊っちゃん」** **「草枕」**「二百十日」
1907 （明治40）	東京朝日新聞社入社。	「野分」「虞美人草」
1908 （明治41）		「坑夫」「文鳥」**「夢十夜」「三四郎」**
1909 （明治42）		「永日小品」**「それから」** 「満韓ところどころ」
1910 （明治43）	修善寺温泉で吐血。	「門」**「思い出す事など」**
1912 （明治45・大正元）		「彼岸過迄」「行人」
1914 （大正3）		**「こころ」**「私の個人主義」（講演）
1915 （大正4）		「硝子戸の中」「道草」
1916 （大正5）	死去。	**「明暗」**（未完、絶筆）

＊太字は本書で紹介する作品です

夏目漱石、読んじゃえば？

第1章

『吾輩は猫である』

小説は全部読まなくてもいいのである

⊙夏目漱石が最初に書いた長編小説。一九〇五年（明治三八）〜一九〇六年（明治三九）、雑誌『ホトトギス』に連載された。珍野《ちんの》苦《く》沙弥《しゃみ》に飼われた猫（吾輩）の目から、人間たちの生態を面白おかしく、かつ風刺的に描いた作品は大人気となり、パロディ作品も作られた。「吾輩は猫である。名前はまだない」という冒頭の一文は有名。

『吾輩は猫である』と言えば、漱石作品の中でもとくに有名な作品のひとつだよね。ほかの作品は知らなくても『吾輩は猫である』は知っている！　という人も多いんじゃないかな。夏目漱石と言えば文豪、文豪の作品と言えば難しそう……みたいなイメージがあるけど、この作品はそういう感じが全然ない。なにしろ猫が主人公。良い意味で軽やかさがあるし、「猫ってかわいいし」ぐらいの気持ちで手に取れる。僕もサファイヤという名前の猫を飼っていて、けっこう猫好きだから、その気持ちはよく分かる。でも、手に取りやすそうだというイメージとは裏腹に、通読するのはけっこう難しいみたいだ。実際、僕のところにも「途中で飽きてしまった」とか「ところどころ眠くなる」なんて言いに来る人がいるんだよね。まぁ、けっこう分厚い本だし、そもそもムリして読む必要はない……というより……

OKUIZUMI EYE

小説を最初から最後まで全部読む必要なんてないんだ！

実は、読書をする上で「全部読む」ことは一番大切なことではないんだよ。とくに『吾輩は猫である』みたいな小説は、もっと自由に読んでよい作品だと思う。

いや、是非とも自由に読むべき。君たちは、読みたいところだけ読んで楽しむということをしてみたらいい。これはべつに「いい加減に読め」という意味ではない。むしろ、この作品を本気で読もうと思ったら、全体を把握するよりもまず面白い部分を探して、そこをじっくり読むべきだという話です。

君たちは僕がいきなり「小説は全部読まなくてもいい」なんて言いだすから、ちょっと変な感じがしているかもしれないね。なぜそんなことが許されるのか、少しくわしく説明してみようか。

まず、**『吾輩は猫である』には、はっきりしたストーリーがあるわけではないんだ。**

もちろん、ストーリーが全くないということはないよ。でも、基本的には苦沙弥《くしゃみ》先生[*1]という人の家に猫がいて、その猫が自分の見聞きしたことをあれこれ語るってだけ。猫がカマキリを獲る話とか、お風呂屋さんを見に行く話とか、家に来たお客さんを観察するとか、そういう小さなエピソードを積み重ねていくタイプの小説。

その意味で、ストーリー全体を把握することよりも、部分を読み、細かいところを面白がることが大切な作品だと言えるだろう。

面白さは君が作る

ここで本書を貫く大原則について教えておかなきゃいけないね。この本では、漱石の作品を読むことで、最終的にはほかの小説も面白く読めるようになっちゃおう、ということを目標としているんだけど、実を言うと、**小説が面白く読めるかどうかというのは、君自身にかかっている**んだ。小説の面白さを作っているのは読者である君なんだ。

小説というのは、とどのつまり、ただの活字、インクの染《し》みにすぎない。それを見て、読んで、面白いと感じるとすれば、それは読む人の力が大きくものを言っている。

小説が面白いということは、読者が、受け身ではなくて、能動的に作品を読み、自分の力で面白さを見つけるってことなんだ。頭のなかに自分の世界を作ることだと言ってもいいね。**自分で世界を作り、それを自分で面白がる**。それが小説の面白さなんだ、ということを、君たちにはこの先もずっと覚えていてほしい。

この小説はすごい、面白い、と思ったときは、そんな風に小説を読めた自分というものも意識してみるべきだ。

僕も経験してるけど、昔読んで全然面白くなかった小説が、大人になって面白くなることがある。反対に、昔面白かった小説がいまは全く面白くないということもある。**小説の面白さはそのとき、そのときの自分が作り出すもの**だから、こういうことが起きるんだ。だから、小説がつまらないと感じたときは、その小説をつまらなくしているのは自分自身なのかもしれないとまずは思った方がいい。なにがなんでも面白がってやる、くらいの気合いがあった方がいい。

もちろん、パッと読んでつまらないとか自分には関係ないと判断することはあるけど、そこで終わっちゃいけない。その判断は変わるかもしれないんだから。感覚というのは絶対じゃない。変わりうるものだ。だから小説や小説家の責任にしてばかりではダメだってことだよ。もう一度言おう。小説を面白くするのは君自身なんだ。

では、読者が能動的に小説の面白さを見つけ出すにはどうしたらいいか。それは、

＊1　**苦沙弥先生**　姓は珍野。旧制中学の英語教師。吾輩の飼い主。胃弱。

読者の「**読解力**」にかかっている。

読解力とは具体的にどういうことか。まずは日本語の知識。これがなかったら日本語で書かれている小説は読めないよね。だからまずは日本語が理解できるということが当然ながら大事だ。

それ以外にも、いろんな教養だとか経験だとか、そういうものを結集させることで、**紙の上のインクの染みにすぎないものが、ひとつの世界となって立ち上がってくる。**

たとえば『吾輩は猫である』のなかで、人間に拾われた猫が、鼻を見て「顔の真中が余《あま》りに突起している」とか「その穴の中から時々ぷうぷうと烟《けむり》を吹く」と言っているけど、知識と経験があれば「鼻から煙草《タバコ》の煙が出ているんだな」と分かるよね。

でも、猫にははじめはそういう知識がないから「これが人間の飲む烟草《タバコ》というものである事は漸《ようや》くこの頃《ごろ》知った」と説明している。こうした猫の様子は、僕たちに「読解力とは何か」ということを分かりやすく伝えてくれる。

僕たちもまた、猫と同じように、知識や経験が増えればその分、いろいろなことがクリアに分かる。絶対とはいえないけれど、**小説は知識や経験が豊富な方がより面白く読める。**

ということは、本を読んでない時間も「読書のための準備時間」だと言えるかもしれないね。自分の人生のあらゆることが読書の役に立つってわけだ。読書は人生の役に立つのか、という問いをたてる人がいるけれど、少なくとも言えることは、人生は読書の役に立つということだ。とにかく、小説が面白いものになるかどうかは、君たちの読解力次第なんだよ。

　小説の面白さを作り出すのが自分自身だとすれば、小説の読解というのは労力の要《い》ることだと思わないかい？　ある意味、めんどくさいよね。受け身じゃダメ、能動的になりなさいと言われても、ダルいなと思うかもしれない。

　でも、その**めんどくささに見合うだけの喜びや面白さがある、もとは絶対にとれる、**このことは僕が約束しよう。小説の読解というのは、めんどくさいけど、遊びと考えればとても高級な遊びだし、一度コツを摑めば、どんどん面白くなっていくものなんだ。

ストーリー至上主義を捨てよう

　話をもとに戻そう。『吾輩は猫である』を読解するにあたっては、君たちはページをパラパラめくってみて、面白そうだなと思えるエピソードを読めばそれで十分だし、最初から最後までを全部読み通す必要なんてないという話をしたよね。

　そもそも、小説を最初から最後まで読み通さないと小説を読んだことにならないというのは、不自由な考え方。小説というのは、もっと自由に、なんなら後ろから読んだっていいんだ。それぐらい大胆な気持ちで小説と向き合ってほしいな。

小説にとって一番大切なのはストーリーじゃない。君たちはストーリーを読むことが小説を読むことだと思っているかもしれないけど、そうじゃない。小説には、ストーリーがものすごくクッキリしたものもあれば、ほとんどストーリーがないものもあるけど、どちらにも面白い作品はたくさんある。

だとすれば、小説の面白さの中心はストーリーにはないということになるはずだよね。だってどっちも面白く読めるんだから。だから「**ストーリー至上主義を捨てろ**」と僕は言いたい。それが小説を面白く読むことにつながっていくんだ。

むしろ、小説というのは細部が面白いのだと考えて、部分部分の面白いところ、楽しいところ、気に入ったところを探して読んでいくように心がけるといいと思うよ。

そんなことを言うと「じゃあミステリーはどうなんだ?」と思う人がいるかもしれない。ミステリーはストーリーの順序が大事だし、後ろから読んだらネタバレしてしまうからね。

でも、**ミステリーだって本当は好きなところから読んでいい**。なぜって、真に面白いミステリー小説は、ネタバレしようが何しようが、面白いことに変わりないからだ。実際、小栗虫太郎《おぐりむしたろう》の『黒死館殺人事件』*2なんて、最後から読んでも面白いミステリーだよ。というか、最初から読んでも、なんだかよく分からないんだけどね（笑）。
しかしだ、よく分からなくても、面白いんだ。小説っていうのはそういうものなんだよ。少なくとも本当によくできたミステリーは、**犯人が分かっていても面白く読める**。ネタバレしたら面白くないなんて決めつけは、読書の面白さを半減させるだけだと心得よう。

『猫』のここが面白い！

というわけで『吾輩は猫である』は漱石作品のなかでもとくに細部が面白い作品だから、ストーリーを順序よく追うことなんかやめてしまって「**お気に入りの細部**」を見つけて楽しんでほしい。

僕なんかは、作中に出てくる迷亭《めいてい》*3とか寒月《かんげつ》*4とか東風《とうふう》*5といった人物たちに心惹かれるな。ちょっと変わった男たちが集まってワーワーしゃべっている場面が好きだし面白

*2　**『黒死館殺人事件』**　刑事弁護士・法水麟太郎が黒死館を舞台とした連続殺人事件の謎に挑むミステリー小説。『ドグラ・マグラ』『虚無への供物』と共に「三大奇書」と称される。
*3　**迷亭**　美学者（美学とは美の本質、美的価値、美意識などについて考察する学問のこと）。金縁眼鏡をかけている。
*4　**寒月**　姓は水島。理学士。漱石の教え子だった物理学者・寺田寅彦がモデルとされる。
*5　**東風**　姓は越智。新体詩に熱中している。寒月の友人。

い。

物理学者の寒月が「**首縊《くびくく》りの力学**」なんていうおかしな講演をしたり、「**蛙の眼球《めだま》の電動作用に対する紫外光線の影響**」というテーマの研究のために毎日硝子玉《ガラスだま》を磨いているなんていう話とか、美学者・迷亭が西洋料理店へ行って、ありもしない「**トチメンボー**」なるメニューをボーイに頼んで困らせたりする話とか、つい自殺したくなって、松の木で首をくくろうと思って行ったら、すでに別な人がぶらさがっていたとか、もうたくさんのおかしな話題が満載されている。

僕は登場人物のなかでは、この迷亭が一番好きだな。猫の主人の苦沙弥先生や家族のエピソードも面白い。苦沙弥先生は偏屈だけど根はわりと単純で、やたら知ったかぶりをするのが可愛い。

『吾輩は猫である』では、ほら吹き名人の迷亭をはじめとする何人かの男たちが苦沙弥先生の家に出入りしていろいろな話をしているけど、そこには当時の社会風刺や文明批評なんかが出てきて、その辺も興味深い。

実は『吾輩は猫である』はとても楽しい小説だけれど、その奥というか底には、この時代の知識人の、なんともいえない淋しさが漂っていて、それが心に響いてくる。といっても、それは大人にならないと分からないかもしれないから、べつに**いますぐ分かることはない**。僕もそれを感じられるようになったのは最近だしね。

ちなみに、昔僕は『吾輩は猫である』で読書感想文を書いたことがあるんだ。小学五年生ではじめて『吾輩は猫である』を読んで、**小五から中三まで連続五年間、ずっと『吾輩は猫である』で感想文を書いた**。それぐらい『吾輩は猫である』が大好きだったし、その後僕が小説家になったのも、『吾輩は猫である』との出会いが原点だったと思います。

この間久しぶりに作文を読んでみたけど、迷亭が文明論みたいなことを述べているところを取り上げて、そこの部分だけを熱心に論じていてびっくりしたよ。僕の迷亭好きはいまも昔も変わってないんだなー。当時小学生の僕は、『吾輩は猫である』のごく一部にしかすぎない、迷亭の文明論だけを面白いと思って感想文に書いてたんだ。

その頃から小説の全体よりも部分に注目してたってわけ。というより**全体についての感想なんて、いまだって書けない**よ。

人物も面白いけれど、もちろん**猫を観察するのも面白い**よ。たとえば猫が運動するシーン。「吾輩は近頃運動を始めた」という書き出しで、猫がどういう運動をしているのかが語られている。

ひとつは「蟷螂《とうろう》狩り」。最後には「むしゃむしゃ食ってしまう」ことになるカマキリを「蟷螂《かまきり》君」なんて呼んでいる様子はなんだかおかしいよね。「垣巡《かきめぐ》り」といって、庭の垣根の上を歩きまわる運動もする。烏《からす》に邪魔されて垣根から落っこちちゃうときもあって、すごく可愛い。

お餅を食べようとして歯にくっついてしまい、踊りを踊る風に暴れちゃう場面とか、夜中に鼠を捕ろうとして失敗する場面とか、そういう猫の可愛さだけを拾い読みしてもかまわないんだ。

「吾輩」のほかにも二絃琴《にげんきん》*6の師匠に飼われた三毛子《みけこ》とか車屋の黒なんて猫も出てくる。それから猫がお風呂屋さんについて語るシーンなんてのもあって、猫の視点から見る人間世界の不思議さ、可笑《おか》しさ、そういったものがとてもよく表現されているよ。お客で一杯の銭湯を「湯の中に人が這入《はい》ってるといわんより人の中に湯が這入ってるという方が適当である」なんてうまいこと言うんだ。猫好きの人は、**猫以外の部分なんか無視**しちゃって猫だけを追いかけるといいんじゃないかな。

読書感想文という話がさっき出たんで言うと、僕はかねがね「**実験文芸学**」というのを提唱している。これは作中に出てくるちょっと意外なこと、不思議なことが、本当なのかどうかを実験してみて検証する学問なんだけど、読書感想文の宿題が出たら、この実験文芸学をやってみることを君たちには是非勧めたい。

『吾輩は猫である』だったら、「**蛇飯《へびめし》**」のところなんかどうかな。鍋に米と蛇を放り込んで、穴のあいたフタをし、火にかけると、熱さで蛇が穴から顔を出すから、それを引っこ抜くと、鍋のなかに蛇の身だけが残って蛇ご飯が完成するという話を迷亭がするんだけど、これって本当なんだろうか？

　これを実験して読書感想文にしたものがあったら、最高だと思うよ。僕はすごく読みたいなあ。まあ、家の人にはいやがられると思うけどね。とにかく小説全体じゃなくて、部分に着目してほしい。それが面白いんだよ。

君は「『吾輩は猫である』を読んだ」

　僕はもちろんこの作品を最初から最後まで何度も読んでいるけど、それは仕事上の必要があってのこと。普段は拾い読みをすることの方が多いんだ。小説を書いていて、なんだか調子が出ないなあというときは、適当なページを開いて三ページくらい読むと不思議と勢いがついて書けるなんてこともある。

　ちょっと根本的なことを言うけど、誰かが「**わたしは『吾輩は猫である』を読みました**」と言ったとして、それって一体どういう状態を意味しているんだろうか。最初から最後まで読んだと言っても、ただ字を追っていただけかもしれない。たしかにそれを「読んだ」と言っていいとは思うけど、丹念に一字一句を追っていくように「読

＊6　**二絃琴**　長さ約一一〇cm、幅約一二cmの桐の胴に、二本の絹糸を張って、象牙の爪で掻き鳴らす琴。

んだ」とは質が違うよね。

つまり、ひとことで「読む」といっても、差がある。しかも、どっちが良いとか悪いとかは言えないとも思う。読むという行為はとても多様なものなんだ。

だから極端な言い方をすると、君たちはたとえ一部しか読んでなくても『吾輩は猫である』を読みました」と吹聴《ふいちょう》してかまわない。もっと言うと、**タイトルを読んだだけでも読んだことにしていい**くらいだ。

たとえば高校入試の面接のときなんかに「夏目漱石は何か読みましたか？」と訊かれたら、たとえタイトルしか読んでなくても「『吾輩は猫である』を読みました」と答えていい。事実、タイトルは読んだわけだしね。それで怒る試験官がいたら、そういう学校には行かなくていい。最初から最後までさあっと文字を追っただけの人と、タイトルを読んだだけの人に、それほどの違いがあるとは思えないからね。

僕はゲーテの『ファウスト』という本が好きなんだけど、実はまだ最後まで読み通していないんだ。そうだな……**もう二十〜三十年くらい読んでる**んだけど、まだ通してない。この作品は一部と二部に分かれてるんだけど、一部を面白いなと思って読んで、二部に入ったら急にペースが落ちてそのまま一年くらい読まなかったり、また読むのを再開したりの繰り返しで。もう三十年くらい経ってしまった。

自分ひとりで読んでいる部分もあるし、大学の仲間たちと一緒に精読した部分もある。そんな風にちょっとずつ読んでいると、最初の方を忘れちゃったりして戻ったりもするから全然進まないんだ。だから最初から最後まで全部読んだことなんてない。

それでも僕は「『ファウスト』を読んだ」と言っている。「それじゃ読んだとは言えないじゃないか！」と怒る真面目な人がいたら「そうなんですけど」って言うしかないけど、僕は**全部読むよりもはるかに愉快な時間**を『ファウスト』と過ごせているし、そんな風に本と付き合うことがいいことだと思っている。

忘れながら読む

僕にとっての『ファウスト』がそうであるように、みんなにとっての『吾輩は猫である』は、読んでいくうちに前に読んだ内容を忘れちゃう作品かもしれない。でもね、忘れていくことはべつに悪いことじゃないと思うよ。というより、こんなに『吾輩は猫である』の内容を覚えているのは日本中で僕くらいのものかもしれない。

僕は『吾輩は猫である』を題材にして『「吾輩は猫である」殺人事件』という作品を書いたぐらいだから、隅々まで覚えているけど、君たちは忘れていったってかまわないんだ。**忘れながら読むことだって、立派な読書**だ。

一回だけ読み通すことが、小説を読むことではないし、全部読んだからといってその小説を読んだと言えるかどうかは怪しいってこと、分かってもらえたかな？

僕に言わせれば、長い時間をかけて読んだり忘れたりしながら、一生かけて作品と付き合ってく方が贅沢だと思う。僕にとっては『吾輩は猫である』がその贅沢を与えてくれる作品だ。好きな音楽を繰り返し聴くように、小五のときから今日までずっと読んでいるし、これからも読むだろう。

とにかく長期的に考えることが大事。古典は一日や二日で読むようなものじゃない。そして、もし君たちが一生かけて付き合っていける本に出会えたとしたら、それはすごくラッキーなことだよ。

あっと、『吾輩は猫である』の話をしていたらすっかり時間が経ってしまったな。じゃ、僕はちょっと失礼してフルートの練習をしてこよう。**フルートの練習だって、きっとどこかで小説の読解力につながっている**。今の君たちなら、それが分かるだろう？　さて、今日は何の曲を練習しようかな……。

第2章

『草枕』

小説はアートだと思うといいよ

◉一九〇六年（明治三九）に発表された中編小説。「山路《やまみち》を登りながら、こう考えた。智に働けば角が立つ。情に棹《さお》させば流される。意地を通せば窮屈だ。とかくに人の世は住みにくい」という語りからはじまる。俗世を離れて芸術に生きようと熊本の温泉を訪れた画工《えかき》は美しい女性・那美《なみ》に出会い、交流を深めてゆき……

『草枕』という漱石作品を知っているかな？　ある画家の男が山奥の温泉郷に旅行する話だ。絵画修行のはずなのに、彼は絵をいっこうに描こうとしないで、毎日温泉旅館でダラダラしている。ちょっとうらやましいような、「ちゃんとしろ！」って言いたくなるような、妙な男なんだ。そして彼が滞在している旅館には、これまたちょっと妙な女がいる。結婚に失敗して実家であるこの旅館に出戻ってきた娘なんだけれど、なんだか艶《つや》っぽくて思わせぶり。じゃあこの作品が大人の男女の恋を描いたものかというと、全然そうじゃない。そもそも「これだ！」という分かりやすい筋があるわけでもないし。起承転結もあまりない。しかも漱石好きの僕でも、難しいなあと思う漢字がいっぱい出てくるから読みにくいことこの上ない。「『草枕』はよく分からない」とグチりたくなる気持ちも分からないではないけど……

OKUIZUMI EYE

アート作品だと捉えるべき小説があるんだ！

『草枕』は漱石作品のなかでもとりわけアート色が強い作品なんだ。だから、アートとして、それこそ絵画を鑑賞するような気持ちで自由に読んでみてほしい。ふつうの小説、ふつうの読書をイメージすること自体をまずやめること。そうすることで面白く読める作品だよ。

絵画のようにこの作品を読んだとき、何が見えてくるのかというと、ズバリ「**美しい感じ**」です。いきなり「美しい感じ」と言われてもなんだかよく分からないよね。このことについては漱石自身がこんな風に語っている。

私の『草枕』は、この世間普通にいう小説とは全く反対の意味で書いたのである。唯《た》だ一種の感じ――美くしい感じが読者の頭に残りさえすればよい。それ以外に何も特別な目的があるのではない。さればこそ、プロットも無ければ、事件の発展もない。

（「余が『草枕』」）[*1]

漱石は『草枕』を通じて「美くしい感じが読者の頭に残りさえすればよい」と書いている。つまり、ストーリーはどうでもよくて、**美しいという感覚がふんわり伝わればいい**ということなんだ。単純に言ってしまえば、君たちが「なんか美しいなあ」という感覚さえ得られれば、それでいいってこと。そのことだけが目指されているからして、細かくストーリーを読み込む必要はないし、『吾輩は猫である』と同じで、全体を把握しようとする必要もないというわけ。

「いい加減」な読み方が面白い

そんな漱石の気持ちを作中人物に言わせているのも『草枕』の面白いところ。主人公の画家は、実にいい加減な読書法を実践している男なんだ。あるとき、宿の女「那《な》美《み》」が読書をしている彼を見かけて「西洋の本ですか、六《む》ずかしい事が書いてあるでしょうね」と尋ねるんだけど「実はわたしにも、よく分らないんです」と言う。というのも、彼は机の上に本を置いて「**開いた所をいい加減に読んでる**」からなんだ。

それで読んでることになるのかな？　という不思議な読書の仕方だけど、画家はけっこう本気なんだよね。那美からすれば、そんなの読書じゃないって感じだし、意味不明なんだけど、「そうして読む方が面白い」と画家は語り、那美に向かってこんなことを言ってのける。

「画工《えかき》だから、小説なんか初《はじめ》からしまいまで読む必要はないんです。けれども、どこを読んでも面白いのです」

……どう、この開き直り方は。いっそ清々しいとは思わないかい？　言っておくけど、この男が本当は西洋の本が読めないとか、そういうことじゃないからね。真剣に「そうして読む方が面白い」と考えているんだよ。

このシーンは、漱石が「**小説を読むとは何か**」ということを、突っ込んで書いている部分だと考えていい。登場人物たちのやりとりを通して、ストーリーを追うことなんてしなくていいよと僕らに伝えているわけだね。那美も、途中からこの読書法のコツを摑んだと見えて「**読みにくければ、御略《おりやく》しなさい**」なんて言って、画家のいい加

＊1　**「余が『草枕』」**　漱石の自作解説。一九〇六年（明治三九）談話をまとめた記事として発表。

減な読書に拍車をかけるようなことを言っている。やけにノリのいい女なんだ、那美は。でもそれでいいんだね。だってその方が面白い読書ができるからね。

読者の期待を裏切る漱石

画家と那美のやりとりは、かなりコミカルでおかしいけど、このシーンは**『草枕』が「反物語の小説」であると宣言している、かなり重要なシーン**なんだよ。ちょっと難しいかもしれないけど、「反物語」――ストーリーなんてものは重視しないよ――ってことをハッキリと言っているんだよね。『草枕』のなかで、どこか一カ所だけ読むんだったら、ここをまず読んでみたらいいと思う。

そして、この宣言を読めば、ストーリーなんて追わずに『草枕』を読んでいい、むしろそう読むべきだということが分かる。ストーリーに身を任せるな。なにしろそう小説に書いてあるんだから。僕たちもストーリーを追っかけるのはやめちゃおう。

「反物語」というテーマは、別の形でも読み取ることができる。たとえば『草枕』には、最初の方に、「長良《ながら》の乙女」[*2]というのが出てくる。恋愛で問題を起こして、どうにもならなくなって、湖に身投げしてしまう女性なんだけど、この話は、その土地の伝説というか、昔話みたいになっていて、みんなが知っているんだ。これは誰がどう見ても強烈な物語だよね。起承転結がはっきりしているし、ラストで乙女が死んでしまうというのがショッキングだし、いかにも「物語」って感じだ。

そして、この長良の乙女に似ている人物として出てくるのが、さっきの那美なんだ。地元の人たちは、彼女のことを長良の乙女みたいだと思っていて、それを聞かされた画家も、彼女と長良の乙女を重ねてイメージするようになる。さらに言うと、彼女たちの人生は、ジョン・エヴァレット・ミレーの絵画でも有名な「オフィーリア」にも重ねられる。シェイクスピアの『ハムレット』に出てくるオフィーリアも恋愛が原因で身投げしてしまう人物なんだけど、これが長良の乙女、那美のイメージとダブってくる。

長良の乙女＝那美＝オフィーリア。こんな風に連想できてしまう強烈な物語を最初に出されてしまうと、那美も身投げして死ぬのかな？　きっと死ぬんだろうな、なんて思っちゃうんだけど、この女は身投げは全然しない。もしかして死んじゃうの⁉みたいなシーンはあるんだけど、死なないんだよ。

つまり、物語の気配を濃厚に漂わせておきながら、それを途中で失速させているわけ。那美が崖に立っているのを、草むらから画家が見てはっとするというシーンがあ

＊2　**長良の乙女**　二人の男に想いを寄せられ、思い煩った結果、「あきづけばをばなが上に置く露の、け（消）ぬべくもわは、おもほゆるかも」という歌を詠んで身を投げて命を散らした乙女。

る。ここで本当に那美が崖から身投げして死んだりすれば、長良の乙女やオフィーリアの人生と一致して、悲劇の女のイメージが炸裂、ある意味すごく盛り上がるんだけど、『草枕』は「反物語」の小説だから、**そういう期待を全力で裏切ってくる**。しかしそれこそが『草枕』で漱石がやろうとしていたことなんだよね。

もう分かったと思うけど、『草枕』を読むときは、物語に引っ張られないで、好きなところとか、面白いところとか、ちょっと引っかかるところとかを拾って、**何か美しいムードのようなものをふんわりと感じ取ることが肝心**なんだよ。

ラストシーンで「それだ！　それだ！　それが出れば画《え》になりますよ」っていう画家のセリフが出てくるんだけど、そのセリフを君たちが言えれば成功。この雰囲気、なんだか美しいぞ！　いい感じだぞ！　画になるぞ！　って思えたら『草枕』を攻略したと言えるだろうね。

美しい感じがなんとなく分かればオッケーなんて、妙な小説だと思うかもしれないけど、逆に面白いだろう？　とにかくこの小説は、ストーリーを一所懸命把握しようとして、頭からお尻までみっちり読んでもしょうがないというか、そんなことをしても偉くもなんともないんだよね。

椿が落ちるシーンに注目！

「美しい感じ」を体感する上で僕がとくに薦めたいのは、椿が池に落ちるシーンかな。「ぽたり赤い奴が水の上に落ちた」「しばらくするとまたぽたり落ちた」という具合に、池の水に次から次へと椿が落ちていくってだけなんだけど、じっくり読むと、椿が「人を欺《だま》す花」とか「妖女の姿を連想する」と表現されていたり「毒」や「血」に喩えられていたりして、神秘的で恐ろしくもあり美しくもあるような情景だということがじわじわと分かってくる。

毒だの血だのに喩えられたあとに「ああやって落ちているうちに、池の水が赤くなるだろうと考えた」なんて書かれたら、ちょっとホラーだよね。もう、椿の話とは思えないというか。この先、街で椿とか見るときも、見え方が違ってきちゃうよね。

椿の花が池に落ちる。ただそれだけのことを、言葉を尽くして表現されると、**イメージがぶわっと広がる**。漱石はこの椿のシーンを長く書いているから、余計にイメージをかき立てられるんだ。ストーリー上は、読み飛ばしたって全然問題ないシーンなんだけど、重要なシーンかどうかなんてことはどうでもよくなるくらいグッとくるから君たちも読んでみてほしい。ほかにも、画家の男がお風呂に入っているところへ、那美が裸で入ってくる場面なんかも素敵だ。

小説の細部に注目する楽しみ方というのは、映画を観ているときに「このカット、すげえ～」って思うことに似ているかもしれないな。ストーリー全体じゃなくて、はっとしてしまうような、一瞬の輝きを見つけた経験が、君たちにもあると思うんだ。あるシーンが、その映画のストーリーにとって重要じゃなくても、なんだかひどく感銘を受けたり、ずっと脳裏にこびりついていることってあるだろう？　それと同じ。

椿のシーンも、そういう風に読むといい。君が監督もカメラマンもやって、頭のなかのスクリーンにこのシーンを映写するんだ。どのくらい美しく、また恐ろしくなるかは、君の想像力次第。

僕は君たちに「小説の面白さは君たちが作るんだ」という話を何度もしているけど、こういうシーンこそは、読者が「美しい感じ」を自分で作り出し、感じ取ることができるシーンだ。材料となるテキストを提供しているのは漱石だけど、椿の落ちる様子を妖しく、毒々しいものとしてイメージするのは、君たち読者自身だからね。

難しい漢字は調べない

それから『草枕』に関して言っておかなきゃいけないのは**「ものすごく漢字が難し**

い！」ってこと。冒頭の数ページを読むだけでも「着想を紙に落さぬとも璆鏘《きゅうそう》の音《おん》は胸裏に起《おこ》る」とか「霊台方寸《れいだいほうすん》のカメラに澆季溷濁《ぎょうきこんだく》の俗界《ぞっかい》を清くうららかに収め得れば足る」とか、難しい表現がいっぱい出てくる。

　知らない漢字が出てきたら、君たちはどうする？　学校では辞書を引けって言われると思うんだけど、この小説に限って言えば**「難しい漢字は無視する」**が正解。なんとなくの意味だけ摑んでおいて、どんどん先に進んでしまって大丈夫。正しく読めなくたっていいんだ。

『草枕』の漢字って、君たちにとっても難しいかもしれないけど、僕にだって難しいんだよ。『草枕』を読もうとして諦めちゃう人って、漢字の多さに面食らって「自分にはムリだ」と思うのかもしれないけど、それはあまりにももったいない。

　正しい意味を知るまで先に進んじゃいけないなんて、誰が決めたんだろう？　そんなルールから自由になるべきだよ。少なくとも『草枕』を読んでいる間はね。

　漱石が難しい漢字をたくさん使って『草枕』を書いたのは、わざとだ。難しい言葉、漢字をあえて使うことで、文章が一種の「絵」みたいになるのを狙ったとしか思えない。たぶん漱石は、言葉の意味だけじゃなくて、言葉の音や形それ自体を楽しんでほしかったんだよ。そういう効果を狙っているとすれば、**いちいち意味を調べちゃ野暮**だということにもなるよね。文字から立ち上がってくるイメージをふんわりと摑んで

草　枕

尺程《じやくほど》な岩《いは》の上《うへ》に卸《お》りた。肩《かた》にかけた繪《ゑ》の
　立《た》ち上《あ》がる時《とき》に向《むか》ふを見《み》ると、路《みち》から
ないが根元《ねもと》から頂《いたゞ》き迄《まで》悉《ことごと》く蒼黒《あをぐろ》い中《なか》に、
濃《こ》い。少《すこ》し手前《てまへ》に禿山《はげやま》が一《ひと》つ、群《ぐん》をぬき
き平面《へいめん》をやけに谷《たに》の底《そこ》に埋《うづ》めて居《ゐ》る。天《てつ》
行《ゆ》く手《て》は二丁程《ちやうほど》で切《き》れて居《ゐ》るが、高《たか》い所《とこ》
だらう。路《みち》は頗《すこぶ》る難義《なんぎ》だ。
　土《つち》をならす丈《だけ》なら左程《さほど》手間《てま》も入《い》るまい
ならぬ。石《いし》は切《き》り砕《くだ》いても、岩《いは》は始末《しまつ》が
る景色《けしき》はない。向《むか》ふで聞《き》かぬ上《うへ》は乗《の》り越《こ》
い。左右《さいう》が高《たか》くつて、中心《ちゆうしん》が窪《くぼ》んで、丸《まる》
もよい。路《みち》を行《ゆ》くと云《い》はんより川底《かはそこ》を渉《わた》
曲《まが》りへかゝる。
　忽《たちま》ち足《あし》の下《した》で雲雀《ひばり》の聲《こゑ》がし出《だ》した。谷《たに》

旧仮名・旧字体の『草枕』（『漱石全集　第２巻』岩波書店、1966年より）

先に進む。そんな楽しみ方が許されるのが『草枕』なんだ。

「物は試し」と言うし、せっかくなら君たちには旧仮名遣い・旧字体（旧漢字）で『草枕』を読んでみてほしい。アートとしてこの作品を読むのであれば、やはり字面《じづら》が大事だから、そうなるとやっぱり旧仮名・旧漢字で読むのが一番いい。もう、むちゃくちゃ読みにくくて笑っちゃうと思うけどね。

旧仮名・旧漢字のテキストというのは、とても読みづらいけど、意味なんかどうでもいいから、**字面のかっこよさ**みたいなものを感じて、それにしびれる。そんな体験を通して、新たな小説の読み方というものを身につけてほしい。

文字自体の面白さとか、ワケの分から

なさとかも含めて、小説の面白さなんだという観点に立ってみると、ふつうに読むよりもずっとディープに小説と関われる。読書ってどうしても「分かる」ことを目指して読んでしまいがちだけど、**「分からない」ことを楽しむ読書**だって、立派な読書だと僕は言いたい。

とはいえ「意味不明なまま読み進めるのはイヤだなあ」という人がいてもそれはかまわないよ。そういうときは「注」を見ればいい。漱石のたいがいの文庫本には「注」がついて解説されている。本の最後に注が載っているものは、いちいち後ろを見ないといけなくて大変だから、読んでいるページのなかに注がある本がオススメ。「どこに注が載っているか」を気にするのも、楽しい読書のためには大切なポイントだよ。

漱石作品はいくつかの出版社から刊行されているけど、それぞれにこだわりがあるから、文字の大きさはどんな感じか、注はどこに載っているのかをチェックして、自分にしっくりくるのはどれなのか、探してみるのもいいんじゃないかな。そうやって少しずつプロの読書家になっていこうじゃないか。

漱石作品は絵画？

「『草枕』はアートとして読め」ということを言ってきたんだけど、アートと言ってもいろいろあるよね。ここで言うアートとは「音楽ではなく絵画」なんだと考えてほしい。

音楽っぽい小説と絵画っぽい小説の違いとは何か、ちょっと説明してみよう。まず、たいていの小説は、音楽に近いんだ。小説というものは、ふつう冒頭から順を追っていって結末に至る。つまり、ある時間軸にそって、ずーっと、線のように進んでいくものだよね。

ある意味でそれは音楽に似ている。曲がはじまって、次から次にフレーズが出てきて、やがて終わる。小説が音楽に似ているというのは、そういう意味です。

でも、そうじゃない小説もある。漱石の『草枕』をはじめ初期の漱石作品にはよく見られる傾向なんだけど、非常に絵画っぽいんだよ。**漱石は小説を一枚の絵のように考えているん**だね。

僕らが絵画を鑑賞するときのことを考えてみてほしい。ぼんやり全体を眺めたり、端っこを見たりはできるけど、描かれているもの全てをいっぺんに見るというのはムりだよね？　全体を見ているようでいて、部分しか見ていないような、そういう見方しかできないはずだ。どこかの箇所を見ようと思うと、別の箇所は視界の外へ行ってしまう。

ひとつの絵画の前に五分間立ったとして、その間ずっと視線を同じところにキープすることはない。絶対に視線が動いている。でも、それが絵画を鑑賞するということだから、全然かまわないんだけど、漱石はそれを小説でやってみようとしたわけだ。

つまり『草枕』全体が一枚の絵画で、それはいろいろな部分の寄せ集めになっている。だから、部分に注目することもあるし、全体のことをぼんやり考えることもあるし。そんな風に絵画として読むべき作品なんだよ。ちょっと難易度の高い読み方かもしれないけど、作中で画家がちゃんとレクチャーしてくれてるから、君たちにも絶対やれる。大丈夫だ。

漱石はノイズがお好き？

というわけで、漱石の小説というのは、基本的に音楽ではなく絵画なんだよ。僕は自分が音楽好きだから、作品のなかの音が気になっちゃうんだけど、漱石はあんまり音楽を登場させないんだよね。流れるようなメロディが出てこない。出てくる音といえば「ノイズ」ばっかりなんだ。
漱石はノイズ・ミュージックが好きだったのかな。たとえば『吾輩は猫である』だったら、ヴァイオリンが出てくるシーンがあるんだけど、結局ヴァイオリンは弾《ひ》かれないままになってしまう。
『三四郎』（第5章参照）でもヴァイオリンは出てくるけど、曲が最後まで弾かれることはない。「風が持って来て捨てて行ったように、すぐ消えてしまった」とか「高い音《ね》と低い音《ね》が二、三度急に続いて響いた。それでぱったり消えてしまった」とか書いてあって、これまたノイズとしか言いようがない。ほんとに、不思議なくらい、曲がきれいに流れるということがないんだ。

　こうしてちょっと見ただけでも分かるように、漱石は楽器がメロディを奏でるシーンは書かないで、その楽器がちょっとだけ鳴るシーンをたくさん書いているんだ。とにかく**断片的な音ばかり出てくる**。ほかの作品にも、この手のノイズはたくさん書き込まれているから、そういう部分ばっかり探して読むのも面白いと思うよ。

　どういうわけか漱石は、ノイズ・ミュージックにしか関心がなかったみたいだ。一瞬聞こえてくる、メロディにならない音の断片にこそ魅力を感じていたんだろうね。そして、断片的なものへの関心は、絵画みたいな小説を書いたということともつながっている。どちらも全体ではなく部分の積み重ねによって完成するからね。

断片的なものへの興味関心は、『草枕』においては、絵画のような小説として結実している。そして僕らもまた、それを絵画のように読む。それが『草枕』との付き合い方だ。あっちを見たり、こっちを見たり。ちょっと後ろに下がって全体を見たり、めちゃくちゃ近づいて細かいところを見たり。そういうことを繰り返すことが、『草枕』を読む正しい態度だと、僕は言いたい。

さてと……今日もそろそろフルートを練習する時間だから失礼するよ。今日はそうだな、せっかくだからノイズ・ミュージックっぽくいってみようかな。フルートでノイズ……って、だいぶ挑戦的だけどね。じゃあまた！

第3章

『夢十夜』

「夢十一夜」を書いてみよう

◉短編小説。一九〇八年（明治四一）発表。第一夜から第十夜まで、十篇の夢の話が綴られる連作。十人の監督によるオムニバス『ユメ十夜』として映画化もされた。

「こんな夢を見た」からはじまる『夢十夜』は、タイトルのとおり十種類の夢の話が登場する作品だ。登場人物やシチュエーションが夢ごとに違っていて、読んでいてとても楽しいし、夢の話だからかなりシュールな展開もあって、いい意味で非現実的。ホラーとかSFとか、そういうのが好きな人にはとくにオススメしたい。だけど逆に言えば、シュールすぎて、一体何を言わんとしているのかが分かりにくい作品でもある。君たちのなかには、そんなに長くないし読みやすい作品だからというのでこの作品を選んで、いざ「読書感想文を書こう！」となったら「どこから手をつければいいの？」となる人が多いんじゃないかな。あらすじをまとめたところで「……で、何が言いたいの？」って感じだし。じゃあ、この作品で読書感想文を書くにはどうすればいいか。それはね……

OKUIZUMI EYE

「夢十一夜」を書けばいいじゃない！

『夢十夜』を読んだら、やっぱり「夢十一夜」を書かなきゃ。この作品を本気で読みたいなら、**自分で書くところまで行き着かなきゃダメ**だと思うな。冗談を言ってるんじゃないよ。『夢十夜』の面白さを実感するためには、自分で書いてみるのが一番いい。書いてみてはじめて分かることがいっぱいあるはずだしね。

でもその前に作品解説をしておこう。十個の夢をひとつひとつ丁寧に見ていくと、それぞれ文体が少しずつ違っているんだ。簡単に言うと、「書き方の違い」があるってこと。で、書き方が違えば、当たり前だけどそこから受ける雰囲気も違ってくる。そういうちょっとした**「書き方の違い」というのを巧みに利用しているのが『夢十夜』**だと言えるだろう。

たとえば第六夜で、護国寺の山門で仁王を彫る運慶を見に集まった野次馬たちが「大きなもんだなあ」とか「どうも強そうですね」なんて呑気に批評し合ってる様子なんかは、気軽に読めちゃうよね。何の気負いも要らない。男たちがあーでもないこーでもないと言い合っている愉快なシーンを軽く楽しめばいい。

運慶が仁王を彫ってるんじゃなく、木のなかに隠れている仁王を彫り出してるんだ、という話に感化された主人公が家に帰って真似してみるんだけど、もちろん運慶のようにうまくいくはずもなくて「不幸にして、仁王は見当らなかった」とか言ってるのも、なんだかおかしいよね。

ちょっと滑稽な話はもうひとつある。庄太郎という男があるとき女に攫《さら》われて、断崖絶壁から飛び込めと言われてしまう。もちろんそんなこと、恐ろしくてできないんだけど、女は「もし思い切って飛び込まなければ、**豚に舐《な》められますが好《よ》う御座《ござ》んすか**」と聞いてくるんだ。わけが分からないよね。

で、庄太郎は豚が大嫌いだから舐められたくないいんだけど、かといって飛び込むこともできずにいると、本当に豚がやってきてしまう。そこで豚の鼻頭《はなづら》をステッキで打《ぶ》つと、「ぐう」と鳴いて豚が崖下に落ちていく。でも次から次へと豚が来ちゃうもんだから、庄太郎もステッキでさばききれなくなって、最後には遂《つい》に舐められちゃう。**夢の話だとはいえ、シュールすぎる展開**だよね。

こんな変な話があるかと思えば、第三夜はホラーだ。主人公が六つになる自分の子どもを背負っていると、まるで石地蔵のように重くなるっていう話なんだけど、その子どもは目が潰れて見えないはずなのに、田んぼを歩いてるとか、道ばたに石が立ってるとか言い出してかなり気味が悪い。自分の子どもがそんなこと言うもんだから怖くなって「どこか打遣《うっち》ゃる所はなかろうか」と考えてる親も、なんだかまともじゃない。まさにジャパニーズ・ホラー、悪夢の世界だ。

そして第一夜はすごくロマンティック。美しい女がもうすぐ死ぬと言うんだけど、「死んだら、埋めて下さい。大きな真珠貝で穴を掘って。そうして天から落ちて来る星の破片《かけ》を墓標《はかじるし》に置いて下さい。そうして墓の傍《そば》に待っていて下さい。また逢いに来ますから」とか「百年待っていて下さい」とか、**昔の少女マンガみたいなセリフ**を口にするんだ。乙女チックとでも言うのかな、儚げで悲しいけど可愛らしくもある。

こんな風に『夢十夜』は、滑稽な話あり、ホラーあり、ロマンスありと、非常にバラエティに富んでいるんだ。で、どれも簡単に読めちゃうんだけど、読むときに**忘れちゃいけないポイントは、これらの話は全部夢だってこと**。

君たちは『夢十夜』をいとも簡単に読めてしまうと思う。でも、夢を小説にするというのは、実はすごくセンスが要ることなんだ。「他人の見た夢の話ほどつまらないものはない」と言われるように、自分の見た夢を他人に伝えるというのは、そんなに

＊1　**打遣ゃる**　打遣《うっちゃ》る。投げ捨てること。

簡単じゃない。ただ話して聞かせるだけでも難しいのに、それを小説にするとなれば、もっと難しいよ。だから、**もし夢の話が面白いとすれば、それはセンスの良さのなせる業《わざ》**。そして漱石はものすごくセンスがある人なんだ。

『夢十夜』のセンスの良さを知ろうとするならば、もちろん作品をじっくり読み込んでもいいんだけど、やっぱり自分で書いた方が早い。読むのはほどほどでいいから、すぐに自分で「夢十一夜」を書いてみるべきだ。自分の見た夢を文章化すると、『夢十夜』が持っている独特の質感とか、真似の難しい面白さとかが見えてくるからね。

「夢十一夜」の書き方

小説を読むことと書くことはまるで別の作業のように思われているけど、そんなに違いがないんだということについて、ここで少し説明しておこうか。

君たちからは「読むことと書くことは全然違う、読むのは簡単だけど、書くのは難しいじゃないか」という声が聞こえてきそうだ。でも、それは違う。だいたい小説を読むのと書くのではどちらが難しいかというと、**実は読む方が難しい**んだよ。

なぜ読む方が難しいか？　書くという行為は、自分の知っていること、調べて分かったことを書けばいいわけだけど、読むという行為は、自分が全然知らないことを読まなければならない可能性があるわけだ。『草枕』の章でも話したことだけど、知らない漢字が出てきたら当たり前だけど読めないよね。小説を読むという行為は、作家の出方次第みたいなところがあって、だからけっこう難しい。

でも、書くのは、とりあえず知ってることを書けばいいんだから、簡単だよね。それが面白いかどうかは別問題だけど、読むより書く方がやさしいとは言える。「夢十一夜」を書くときだって、自分の知ってる夢の話、つまり君が見た夢について書けばいいんだから、簡単だろう?

「俺だったら『夢十夜』をこう書くぜ」というのを、是非やってみてほしい。書くときは漱石に対抗するつもりで書くんだよ。「漱石なんて昔の人でしょ?」ぐらいの生意気さがほしいな。

もしかしたら君がものすごい才能の持ち主で、むちゃくちゃ面白いものを書くかもしれないけど、たいていはうまくいかないと思う。それはでも当然で、夢の話を面白くするのは本当に難しいことだからね。

僕だって「夢十一夜」を書いてくださいと頼まれたら断る。実際、本当にそういう依頼が来て断ったことがあるんだ。もちろん僕はプロの作家だから、何か書けないことはないよ。でも、面白いものを書けるかどうかは怪しいと自分で思ったんだ。

しかし、君たちには敢えてチャレンジしてみてほしい。あるイメージなり世界なりを文章にしていくことで、言葉の世界の奥行きや広がりが見えてくるはずだ。「やっぱり漱石はすごい！」と思ったり「すごいけど、ここは自分の方が勝ってるぞ」と思うことがひょっとしてあるかもしれない。

ちなみに、漱石を文学上の師匠としていた内田百閒という人は、まさに『夢十夜』の後を継いで、十一夜、十二夜……と書き続けた作家だと言っていい。時間があれば参考資料として読んでみることをおすすめします。

百閒の『冥途《めいど》』は、まさに夢の話。「ただ何となく」とか「ぼんやりしていて解らない」とか「はっきりしない」とかいうフレーズがたくさん出てきて、夢のなか特有の辻褄の合わない感じを表現しているのが面白い。

それから、君たちも経験があると思うけど、夢に出てくるご飯って、すごく美味しそうなときと、全然そうじゃないときがあるよね。『冥途』の主人公も、めし屋でご飯を食べるんだけど、そのメニューが全然美味しそうじゃない。「酢のかかった人参《にんじん》葉《ば》」と「どろどろした自然生《じねんじょう》の汁」……でもこのダメそうなメニューも、夢っぽくていいよね。

こんな風に、百閒は漱石とはまた違った形で夢の世界を描いている。漱石よりうまくいっていることも、そうじゃないこともあるけど、でも独特のセンスはちゃんと息づいていて、一読の価値はあるよ。

伝えることが小説の世界を広げていく

繰り返しになるけど、とにかく『夢十夜』については、自分でも夢の話を書いてみて、一体どういうことになるのか、実際に体験してみるのがいい。言ってみればこれも「**実験文芸学**」だね。作品を読んで終わりじゃなくて、その先へ行く。実際に自分で何かやってみる。そういう読書の仕方を習慣化するといいんじゃないかな。ただ椅子に座って読んで終わりなんて、誰でもできるわけだしさ。

僕は本を読むときに、本と自分との一対一の関係のなかだけで終わってしまう必要はないと思っていて、その本の面白さなりつまらなさなりを、**何らかの形で誰かに伝えるということが非常に重要**だと思っている。

ある小説を読んで、そこに書かれた言葉に自分の心がどう動かされたかをほかの人に伝える。そうすることで小説の言葉が広がっていく。伝えられた人のなかにも広がるし、話した本人のなかでも広がる。ふたりの会話のやりとりのなかで広がる。そういう広がりのなかに小説があると捉えてもいいと思うわけ。

ひとりの人が一冊の本を読みました。そこで終わって、完結するのではなくて、むしろその読んだ体験をほかの人に伝えることで**小説の世界を押し広げていくことが大**

事だ。伝えた相手の反応に耳を傾けることも、もちろん大事。そういうやりとりのなかから小説を読むことの豊かさというのが生まれてくるんだよ。

そして、そういうことをしようと思ったときに、漱石作品というのは実に都合がいい。理由は簡単。読んでる人がわりと多いからだよ。君たちの友だちにも、先生にも、親にも漱石を読んでいる人はいるだろうし、そこらへんを歩いてる知らない人だってきっと漱石を読んだことがあるはず。多くの人が読んでる作家だから、話題にしやすいんだ。

漱石ランドで遊ぼう

国民作家である漱石と彼の作品は、**喩えるなら「漱石ランド」**だね。漱石ランドは入場者数（読者）が多くて、アトラクション（作品）もたくさんあるテーマパークだ。しかも入場者の年齢が幅広いし、いろんな趣味嗜好を持った人がいる。いろんな人でごった返してるところなんだ。文学の世界のなかではかなりの人気スポットだよ。

その点、「太宰ランド」はやや狭そう。太宰治大好きっていう人しか来ない感じがある。もちろん面白いアトラクションはあるとは思うけれど、漱石ランドの方が賑やかでいっぱい人がいるから、まずはそっちに行くのをおすすめするよ。

つまり漱石ランドというのは、大勢の人が集まっていて、たくさんの議論が交わされている場なんだ。そこに君らが入っていって「こんな感想もあるよ！」って言えば、きっと誰かが反応してくれる。「夢十一夜」を書いた、なんて言ったらかなり盛り上がると思うけどね。

欲を言うと、漱石ランドなり、太宰ランドで遊ぶことを覚えたら、最終的には**自分でテーマパークを作ってほしい**。

よそのテーマパークに遊びに行くだけじゃなくて、頭のなかに、いろんな作家、いろんな作品を並べて、自分だけの「〇〇ランド」を開園しちゃうんだよ。そして、そこを訪れる人と対話する。有名なテーマパークにはない、マニアックさがあるといいんじゃないかな。あまり人の読んでいない作家の作品を探してくるとかね。そういう場所なら、僕も訪れてみたいな。

テーマパークと言えば、やっぱりテーマ曲があった方がいいよね。無音のテーマパークってのも、味気ないものだしさ。そうだ、今日はフルートで「奥泉ランド」のテーマ曲でも練習してみようかな。僕は人の作った曲を吹くだけじゃなくて、自分で曲を作ることもあるんだよ。ときには、いきなり「吹いてくれ」って言われて、即興で吹くこともある。君たちに「実験文芸学」を推奨している以上、僕だってただ他人の譜面を吹いて終わりってわけじゃないのさ。じゃ、練習行ってきまーす！

column 1

漱石とお菓子
——漱石は大の甘党だった!?

漱石のエッセイや書簡を読むと、かなりの食いしん坊だったことが分かる。とくに好きだったのは甘い物。

胃が悪いのもかまわず食べようとするので、妻が見つからない場所に隠したこともあったようだ。ちなみに、隠し場所を娘に教えてもらってお菓子を食べていたというから、相当の甘党である。

漱石の小説にも甘党が登場する。たとえば『吾輩は猫である』に登場する苦沙弥《くしゃみ》先生。妻からお金が足りないと相談されるシーンで「足りんはずはない」と言ったものの「あなたが御飯《めし》を召し上《あが》らんで麺麭《パン》を御食《おた》べになったり、ジャムを御舐《おな》めになるものですから」と反論されてしまう。

家計を苦しめるほど舐めてしまったというジャムの数は、なんとひと月で缶詰八つ分。とんでもない量である。

また、『草枕』に登場する羊羹の描写からは、甘い物を心底愛する漱石の姿がありありと感じ取れる。

「余は凡《すべ》ての菓子のうちで尤《もっと》も羊羹が好《すき》だ。別段食いたくはないが、あの肌合《はだあい》が滑《なめ》らかに、緻密に、しかも半透明に光線を受ける具合は、どう見ても一個の美術品だ。ことに青味を帯びた煉上《ねりあ》げ方は、玉《ぎょく》と蠟石《ろうせき》の雑種のようで、甚《はなは》だ見て心持ちがいい。のみならず青磁の皿に盛られた青い煉羊羹は、青磁のなかから今生れたようにつやつやして、思わず手を出して撫《な》でて見たくなる」……漱石の文才は、誰もが知っている羊羹を美術品に仕立て上げてしまう。ただ甘くて美味しいというだけでなく、見た目の美しさもまた彼の心を惹きつけていたのだろう。

甘い物の摂りすぎは体に良くないと漱石も思っていたようで、盲腸炎にかかった際は「是《これ》は毎晩寺の門前へ売《うり》に来る汁粉《しるこ》を、規則の如《ごと》く毎晩食ったからである。汁粉屋は門前迄《まで》来た合図に、屹度《きっと》団扇《うちわ》をばたばたと鳴らした。そのばたばた云《い》う音を聞くと、どうしても汁粉を食わずにはいられなかった。従って、余はこの汁粉屋の爺《おやじ》の為に盲腸炎にされたと同然である」（『満韓ところどころ』）と書いている。

胃病を抱えながらも甘い物を愛し続けた漱石。文豪のイメージからはちょっと想像できない、チャーミングな一面が垣間見える。

第4章

『坊っちゃん』

先入観を捨てて読んでみたら

◉一九〇六年（明治三九）に発表された中編小説。東京から四国・松山に赴任した中学教師、江戸っ子「坊っちゃん」が東京に戻るまでを描く。赤シャツ、野だいこ、山嵐、うらなり、狸など、多彩なキャラクターが登場。漱石作品でも人気があり、数多く映画化・ドラマ化・舞台化されている。

『坊っちゃん』という作品について、君たちはどんなイメージを持っているだろうか？　ひょっとして「江戸っ子坊っちゃんが大暴れする痛快物語」だと思ってるんじゃないか？　それ、全然違うよ。「親譲りの無鉄砲で、小供の時から損ばかりしている」なんて書き出しだから、そう思っちゃうのも無理ないんだけど、僕から言わせれば、坊っちゃんは全然痛快な奴じゃない。むしろ、けっこう暗い奴だよ。ちょっと意外だろう？『坊っちゃん』なんて、元気のいい人が元気よく活躍する話で、ストーリーもなんとなく予想できちゃうし、わざわざ自分が読まなくてもいいんじゃないの？って思ってる人は逆に興味を持ってくれたんじゃないかな。つまりさ、有名すぎて逆に興味が持てない小説に出会ったときは……

OKUIZUMI EYE

先入観を捨てれば小説はグッと面白くなる！

元気いっぱいな坊っちゃんイメージを捨ててみよう。そしたらすごく面白く読めるから。みんなと同じイメージを共有する必要なんてないし、そんなものなくても小説は面白く読める。

威勢の良さは文体にあり

まず、冒頭の一文をもう一度よく読んでみてほしい。「親譲りの無鉄砲で、小供の時から損ばかりしている」とある。もしもこれが「親譲りの無鉄砲で、小供の時から損ばかりしていました」という語尾だったらどう？　急に勢いがなくなる感じがしないかい？

この調子でもうちょっと続けてみよう。「小学校にいる時分《じぶん》学校の二階から飛び降りて一週間ほど腰を抜かした事がありました」「何だ指位《ぐらい》この通りだと右の手の親指の甲《こう》をはすに切り込みました」……ほら、**なんか暗い**だろう？　江戸っ子坊っちゃんの痛快物語からはかなり距離があるよね。無鉄砲というより不安定な人だよ、これじゃ。

『坊っちゃん』が面白いのは、**ヘタすると暗く重くなっちゃうような話を、文章の勢いが救っている**ところなんだ。坊っちゃんは実は暗い人で、他人とうまくコミュニケーションがとれない。だけど、そのことがやたら威勢のいい文章で書かれている。このギャップが面白い。

　威勢の良さというのはスピード感のことでもある。じっくり立ち止まって書くのではなく、どんどん勢いをつけて書いていく。『坊っちゃん』はまさにそういう小説。

　これは小説を書く立場からの意見だけど、スピード感のある小説を書くのって、なかなか難しい。なぜなら「もっと書き込みたい！」ってつい思っちゃうから。もし僕が赤シャツ[*1]みたいなキャラクターを登場させるとしたら、こいつはどんなことを普段考えてるのかな？　とか気になってきて、ついつい書き足したくなっちゃうんだよね。

　あと、『坊っちゃん』に出てくるマドンナ[*2]なんて、映画版の『坊っちゃん』[*3]だとけっこう大きな扱いだけど、小説だとびっくりするくらいちょっとしか出てこない。え、マドンナ、たったこれだけ？　って感じ。これも僕だったらもうちょっと書いちゃうな。

でも、『坊っちゃん』での漱石は、どんなに魅力的な人物であってもたくさんは書き込まない。スピード感を優先している。だから、それほど長くない話のなかにちょっとびっくりするくらいたくさんのキャラクターが登場できているんだよ。そこが素晴らしい。この**文章のリズム感、スピード感だけでも味わう価値がある**、僕なんかはそう思っているよ。

ついでに言っておくと、この登場人物の多さはちょっとシェイクスピアを思わせるところがある。『坊っちゃん』では、ほんのちょっとしか出てこない人物が、小説全体のなかで、何とも言えない魅力を放ち、想像力を刺激するんだけど、この感じはシェイクスピアの戯曲にちょっと似ている。英文学者だった漱石はシェイクスピアを読んでいるからね。今度時間があるときに、是非シェイクスピアにも挑戦してみるといい。

＊1　**赤シャツ**　中学の教頭。体にいいからと、いつも赤いシャツを着ている。気取った姑息な人物。
＊2　**マドンナ**　美人。うらなりの婚約者だったが赤シャツと付き合う。
＊3　**映画版の『坊っちゃん』**　『坊っちゃん』は五回映画化されていて、加賀まりこ、松坂慶子など錚々たる女優がマドンナを演じている。

坊っちゃんはずっと孤独

君たちにひとつ注意しておきたいのは、文章の威勢の良さに引っ張られすぎない方がいいってこと。やっぱり、バーッと勢いで読めてしまう分、見落としてしまうものもあるからね。特に、世間のみんなが抱《いだ》いている坊っちゃんのイメージは、文章の勢いに引っ張られている部分が大きい。さっきも言ったけど、坊っちゃんは元気いっぱいの江戸っ子なんかじゃないし、むしろ暗い。そう思いながら読むだけでこの作品はグッと面白くなるよ。

最初に出てくるエピソードは、坊っちゃんが校舎の二階から飛び降りたり、ナイフで指を切るという話だけど、そんなことをするなんて、**どう考えても困った人**だよね。だってさ、友だちが「弱虫やーい」とか言って、ちょっとからかっただけのことじゃないか。それは一種のコミュニケーションなんだから、真に受けてもしょうがない。人に「二階から飛び降りてみろ」なんてからかわれるのはたしかに気分のいいものじゃないかもしれないけど、そんな挑発になんか乗らないで、ちょっと飛び降りる格好くらいしておいて、「やっぱやーめた！」と、ほかの遊びをはじめちゃえばいい。友だちとのコミュニケーションって、そういうものだよね。

でも坊っちゃんは本当に二階から飛び降りちゃうし、ナイフで指をざっくり切っちゃうんだ。からかった方は本当に困ったと思うよ。冗談が通じないというか、他人とのコミュニケーションがうまく取れないんだよね。それで変な行動ばっかり起こしてしまう。いまは中二病とか、コミュ障なんていう言葉があるけど、ちょうどそんな感じ。

幼い頃から人とコミュニケーションを取るのが下手だった坊っちゃんは、やがて旧制中学[*4]の数学教師になるんだけど、そこでも生徒にちょっとからかわれただけですぐ怒ってしまう。天ぷらそばを四杯食べてたとか、団子屋にいたとか、そういうところを見られて冷やかされただけで、もうへそを曲げちゃう。ちょっと神経質すぎるよ。

生徒と打ち解けられない上に、厳しい態度で臨んじゃうから、生徒から仕返しとして蚊帳《かや》のなかにイナゴを入れられたりして、もう最悪。そういう意味では、**いくつになっても、どこにいても、ずっと孤独な人間**なんだよね。

でもさ、君たちにだって、ちょっとはそういうところがあるんじゃないかな。人と上手に関われない、つい自意識過剰になってしまう、冗談をうまくかわせない。そんな経験は誰にだってある。まあ、坊っちゃんほどではないにせよ、コミュニケーショ

＊4　**旧制中学**　戦前の中等教育機関。高等教育機関への進学を目的とした、エリート養成機関。

ンがうまく取れないというのは、他人事《ひとごと》じゃなくて、みんな身に覚えのあること。だから、いつのまにか彼の辛さや孤独が理解できていくんだよね。

坊っちゃんは喧嘩もできない

コミュニケーションが取れない人だということに加えて、もうひとつ指摘しておかなきゃいけないことがある。それは**坊っちゃんは言葉を持ってない人**だということ。

この小説は坊っちゃんの一人称で書き進められているから、なんとなく坊っちゃんが饒舌にしゃべっているように感じられるんだけど、実は違うんだよ。嘘だと思うなら、作中で坊っちゃんのセリフがいくつあるか数えてみたらいい。彼が口に出して言っている言葉がとても少ないと分かるだろう。

僕は最後の方に出てくる卵のシーンが好きなんだ。ここは、坊っちゃんの言葉の少なさというのが実によく分かるシーンだ。

このシーンでは、坊っちゃんと山嵐が、*5同じ中学で働いてる赤シャツと野だいこを*6成敗する。赤シャツたちが芸者遊びをしている現場を捕まえようとして、坊っちゃんたちが見張りをしてると、まんまと赤シャツたちが現れる。そこでふたりは彼らを捕まえ、詰問する。

教育者ぶってはいるが、根性はあまりよくない赤シャツとその腰巾着《こしぎんちゃく》である野だいこを坊っちゃんたちがとっちめるんだけど、このときの**坊っちゃん、びっくりするぐらい口ベタ！**

たとえば山嵐という男は赤シャツにちゃんと言葉を使って抗議できるんだよ。「取締上不都合だから、蕎麦屋や団子屋へさえ這入《はい》って行かんと、いう位《くらい》謹直な人が、なぜ芸者と一所《いっしょ》に宿屋へとまり込んだ」と言うわけ。すると赤シャツもちゃんと応戦して「芸者を連れて僕が宿屋へ泊ったという証拠がありますか」とか言ってる。つまりふたりは問答をしているわけだね。そこには言葉を介したコミュニケーションがちゃんとある。

では、彼らが問答している一方で、坊っちゃんは一体何をしているのか。彼は野だいこの前に立ちはだかって「べらんめえの坊っちゃんた何だ」としか言わないんだよ。ただ怒鳴りつけてるだけ。そうすると野だいこが「いえ君の事をいったんじゃないんです、全くないんです」と言い訳をする。

野だいこは一応言葉を使って坊っちゃんとコミュニケーションをはかろうとしているよね。でも、坊っちゃんは言葉がでない。着物の袂《たもと》に入っていた卵をふたつ取り出

＊5　**山嵐**　同僚の数学教師。正義感あふれる硬骨漢。
＊6　**野だいこ**　美術教師。江戸っ子。赤シャツにくっついて行動している。

して、野だいこの顔面めがけて投げちゃうの。

面白いのは、坊っちゃんと野だいこが大変なことになっているというのに、その間も赤シャツと山嵐はずっと問答を続けてるんだよ。つまりコミュニケーションが継続しているということだね。

そして最後には山嵐が「だまれ」と言って赤シャツを殴っちゃうんだけど、言葉のコミュニケーションはまだ続いている。殴られた赤シャツが「これは乱暴だ」とか「無法だ」とか騒げば、山嵐も「もう沢山か、沢山でなけりゃ、まだ撲《なぐ》ってやる」とか言ってぽかぽか殴ったり、「おれは逃げも隠れもせん。（中略）用があるなら巡査なりなんなり、よこせ」と宣言したりする。つまり警察に訴えてくれてかまわないということをわざわざ言ってから喧嘩を終わらせている。

喧嘩をひとつのコミュニケーションとして見てみれば、山嵐と赤シャツは、ちゃんとコミュニケーションができている。喧嘩の最後までちゃんと言葉のやりとりがあることからも、それは明らかだ。

でも、坊っちゃんは最後まで口ベタのまま。喧嘩の最後に言ったセリフだって「おれも逃げも隠れもしないぞ」という、山嵐の言葉をそっくりそのまま真似てるだけ。

このシーンで坊っちゃんがやったのって、キレて卵をぶつけたあとに、山嵐の言葉をほぼそのままコピーしただけのこと。**結局、何もしゃべってないに等しい**。というより、しゃべれない。自分の言葉が出てこないんだ。

やっぱり孤独な坊っちゃん

それからさ、こんな騒動があったくらいだから、坊っちゃんと山嵐は親友になってもいいと思うんだけど、そうならないところも、坊っちゃんの孤独を物語っている。ふたりで赤シャツたちをとっちめた直後に出てくる文章が「その夜《よ》おれと山嵐はこの不浄の地を離れた」「山嵐とはすぐ分《わか》れたぎり今日まで逢う機会がない」だからね。結局、坊っちゃんは孤独なままなんだよね。

逆にさ、山嵐と赤シャツはここでものすごく敵対していても、二十年くらい経ったら「あのときはどうも」と話をする可能性があると僕は思うな。なぜならば、ふたりはちゃんと同じ土俵に立っているからね。喧嘩だとしても、ちゃんとコミュニケーションがあるわけだから。「お互い若かったですな」とか言って、同窓会か何かで仲良く昔話ができるかもしれない。

その点、坊っちゃんにはそういうチャンスは訪れないと思う。というか、**みんなから忘れられている**と思う。そもそも一カ月くらいしかこの学校で働いてないし、誰ともコミュニケーションできてないし。「そんな奴、いた？」みたいに言われるよ、きっと。うわー、辛いね！

中学生くらいの子がすぐキレちゃうとか、うまい言葉が見つからないとか、そういう状態になってしまうのはある意味で当たり前だと思うけど、坊っちゃんはもう大人で、学校の教員までやってて、それでもまだこの状態。その意味で『坊っちゃん』は、中二病をずっと引きずっている人の話だと言っていい。

猫も孤独

ここまでの話で、坊っちゃんに対するイメージがだいぶ変わったと思うんだけど、彼が抱えている「**孤独**」**というのは、この作品に限らず、漱石の小説の全体を貫いている大事なテーマ**だ。

テーマというよりも、つい出てきてしまうものと言った方がいいかな。「孤独をテーマにしよう！」と漱石が意識しているというよりは、**そのことを書こうと思ってなくても、つい出てしまう**んだと思う。

漱石作品では、主人公の孤独、とくに他人とコミュニケーションできない孤独がいろいろな形で書かれている。コミュニケーションに失敗したことで孤独を引き寄せてしまう人がたくさん出てくる。有名なところでは『こころ』(第7章参照)の「先生」

が代表的かな。『門』の「宗助《そうすけ》」や『明暗』（第10章参照）の「津田」なんかもそうだ。

一見孤独なんて関係なさそうな『吾輩は猫である』だって、孤独について書かれた小説と読めなくもない。この猫ってすごく孤独なんだよ。二章までは、黒とか三毛子とか、友だちの猫が出てくるんだけど、三章以降はほかの猫がほとんど出てこなくなっちゃう。猫が主人公の小説なのにだよ。

三章の書き出しが「三毛子は死ぬ、黒は相手にならず、聊《いささ》か寂寞《せきばく》の感はあるが、幸い人間に知己が出来たのでさほど退屈とも思わぬ」だからね。猫としてはかなり寂しいよね。でも人間の知り合いができたからいいんだって猫は言うんだけど、本当にそうかな？

だって、猫は人間の言葉を理解しているけど、人間はまさか猫が自分たちの言葉を理解しているだなんて思っていない。コミュニケーションが取れているように見えて、実は全然取れてない。これは**完全なディスコミュニケーション**。

『吾輩は猫である』の後ろの方で、酔っぱらった苦沙弥先生が奥さんに猫の頭を叩いてみろと言うシーンがある。奥さんはちょっと躊躇するんだけど、先生は「いいからちょっと撲って見ろ」「おい、ちょっと鳴くようにぶって見ろ」とか言うわけ。それで猫はべつに痛くないいな、とか思いながらしばらくこの遊びに付き合ってやって、最後に「にゃーと注文通り鳴いて」あげるの。

つまり猫は人間が自分を鳴かせたいんだということを理解した上で、鳴いてみせる。でも、人間はそんな猫の気持ちなんて知らないから「今鳴いた、にゃあという声は感投詞か、副詞か何だか知ってるか」とか、わけの分からないこと言っている。コミュニケーションがアンバランスなんだよね。

悲しいかな、猫はいつまで経っても人間と理解し合えない。そこにはコミュニケーションの断絶があり、孤独がある。ディスコミュニケーションというのはそういうことだ。わざわざ「孤独です」とは書いてないけど、間違いなく孤独だよね。本来なら、もっとほかの猫とかと付き合うべきじゃない？　でも、友だちだった猫は死んだりしていなくなってしまうし、人間とも本当の意味では分かり合えていない。そう考えると、本当に孤独な話だな……。

坊っちゃん、幸せになってくれ

『**吾輩は猫である**』**ですら、孤独という文脈から読むことができる。**『こころ』や『明暗』なんかは、よりはっきりと孤独がにじみでている作品だ。きっと漱石はコミュニケーションができないがゆえの孤独というものを書かずにはいられなかったんだろうね。

かつて僕は『坊っちゃん忍者幕末見聞録』という作品を書いた。そこでは坊っちゃんは忍者なんだけど（意味が分かんないよね）、この坊っちゃん忍者には友だちがいるんだよ。書いたときはそんなに意識しなかったんだけれど、漱石作品に出てくる孤独な主人公たちのことを気の毒に思っていて、それをどうにか救いたいという思いがあったんだろうね。なかでもやっぱり**坊っちゃんは一番に救いたい人**だったんだと思う。

僕の「坊っちゃん忍者」も、本家同様口ベタ。東北出身という設定にして、あまりしゃべらないということにした。でも、坂本龍馬と出会って「これからはちゃんとしゃべらなくちゃいけない」とか言われて、ちょっとずつ他者とコミュニケーションをしていくようになるんだよね。友だちがいる坊っちゃんというのを書きたかった。そういう隠された意図が僕の小説にはあったんだ。

そんなこともあって、僕は『坊っちゃん』というのは、自意識過剰で冗談の通じない坊っちゃんを突き放すんじゃなくて、**困った奴だけど可愛いところもあるじゃないか**、という気持ちで読むのがいいと思う。

たしかにしょうがない奴だけどさ、君にもそういうところはあるだろうし、僕にだってある。だから坊っちゃんがどうにか幸せになってくれるように祈りながら読む。そういう風に読んでみてよ。あいつ、根はけっこうイイ奴だからさ。ちょっとめんどくさいところもあるけど、**なんとか友だちになってやってくれ**と言いたい。

とりあえず残念な男子なんだけど、意外に可愛いところもあるんじゃない？　女子はそういう目で見てみるのもいいと思うけど、どうかな。

切なすぎる清からの手紙

坊っちゃんのこと、ずいぶんひどく言っちゃったけどさ、実は全く救いがないわけじゃないんだよ。坊っちゃんには清《きよ》という育ての親みたいな女中[*7]さんがいるんだけど、この人との関係が、この小説の大きな彩りになっているんだ。

清と坊っちゃんは、言ってみれば、**お母さんと赤ちゃんみたいな関係**だ。赤ちゃんだから言葉は要らない。言葉を通じたコミュニケーション、それを超えた無条件の愛、全肯定の愛がここにはある。

どんなときも坊っちゃんを支え、励まし、心配し続ける清と、その清とできれば一生一緒に過ごしたいなと思いながら遠く離れた四国で教員をがんばる坊っちゃんの関係を見ていると、ほほえましくはあるけれど、ちょっとどうかなとも感じられてしまう。でもそれが、坊っちゃんが生きる上での支えになっているのはたしか。

すでに説明したように、『坊っちゃん』は全体としては威勢のいいスピード感のある文章なんだけど、最後の方で、それが一瞬変わるシーンがある。坊っちゃんの本質が垣間見える、とても叙情的なシーンなんだけど、それは坊っちゃんのところに清から手紙が届くシーンなんだよね。

坊っちゃんは、清からの手紙を待ちに待っていた。その手紙がとうとう来て、それを縁側に座って読む。ただそれだけのことなんだけど、**漱石が書いた全ての小説のなかでも、とくに叙情的に描かれているシーン**だと思う。ちょっと読んでみようか。

「部屋のなかは少し暗くなって、前の時より見にくく、なったから、とうとう椽鼻《えんばな》へ出て腰をかけながら鄭寧《ていねい》に拝見した。すると初秋《はつあき》の風が芭蕉の葉を動かして、素肌に吹きつけた帰りに、読みかけた手紙を庭の方へなびかしたから、しまいぎわには四尺あまりの半切《はんき》れがさらりさらりと鳴って、手を放すと、向うの生垣まで飛んで行《ゆき》そうだ」

……どうだろう、それまでの勢いの良さが嘘みたいな美しくて叙情的な文章だろう？　「おれは焦《せ》っ勝《か》ちな性分だから、こんな長くて、分りにくい手紙は五円やるから読んでくれと頼まれても断わるのだが、この時ばかりは真面目になって、始《はじめ》から終《しまい》まで読み通した」という文章もいいよね。あのコミュ障の坊っちゃんが、清のことだけはこんなに大切に思ってさ、手紙ひとつ読むのも、こんなに切なそうでさ。

＊7　**女中**　雇われて、家事の手伝いをする女性。お手伝いさん。

坊っちゃんに友だちがたくさんいたら、清からの手紙のシーンはここまで切ないものにはならない。**孤独を抱《かか》えた彼だからこそ、胸に迫るシーン**なんだよね。

　四国での騒動の後、坊っちゃんは東京に戻ってきて清と一緒に暮らすようになるんだけど、ほどなくして清は肺炎にかかって亡くなってしまうんだ。

「死ぬ前日おれを呼んで坊っちゃん後生《ごしょう》だから清が死んだら、坊っちゃんの御寺《おてら》へ埋めて下さい。御墓のなかで坊っちゃんの来るのを楽しみに待っておりますといった。だから清の墓は小日向《こびなた》の養源寺にある」……という風に『坊っちゃん』は終わるんだけど、**この後坊っちゃんがどうなったか想像すると、怖いよ**。だって孤独すぎる。どうなっちゃうんだ、坊っちゃん。ちゃんとやっていけるのか。心配だ。

　だからやっぱりさ、僕ら読者が坊っちゃんのことを見守ってやるしかないんだよ。僕らだけは、彼の友だちでいてやろうよ。

　こんな気分の日は、思いきり切ない曲を吹くしかないって感じだな。坊っちゃんの孤独を慰めるようなやつをさ。まあでも、たまにはこんな日があってもいいよね。今日はちょっとしんみりしたままお別れしようじゃないか。じゃあ、また。

第5章

『三四郎』

脇役に注目するといいかも

⊙一九〇八年（明治四一）に発表された長編小説。熊本から上京して東京帝国大学に進学した小川三四郎と、都会的な女性・里見美禰子《みねこ》や英語教師・広田先生らさまざまな人物との交流が描かれる。作品の舞台にもなる東京大学の池は、本作にちなんで「三四郎池」と名付けられた。『それから』『門』へと続く前期三部作のひとつ。

『三四郎』は、『坊っちゃん』のような作品でもあり、『草枕』のような作品でもあるんだ。孤独を抱えて生きる三四郎はどことなく坊っちゃんに似ているし、文章から美的なものを感じ取り、アート的に読むことができるという意味では『草枕』みたいな部分もある。これまでの僕の解説が頭に入っていれば、かなり面白く読める作品だと思うよ。でも、もうちょっと欲張って、君たちにはさらに新たな読み方を伝授したい。君たちは、学校で主人公に注目しながら小説を読んできたかもしれないね。テストでも「このときの主人公の気持ちはどんなものだったでしょう?」という設問があったりする。世の中の読書は、たいてい主人公至上主義だ。しかし『三四郎』に関して言えば、主人公だけに注目したのでは、作品を読んだことにはならないと思う。というよりも……

OKUIZUMI EYE

脇役に注目すると小説のイメージはがらりと変わる！

すでに『吾輩は猫である』や『坊っちゃん』の解説を読んでくれた人なら分かってると思うけど、漱石作品というのは、とにかく**脇役が輝いている**んだよね。深読みしたくなる魅力があるというか。むしろ主人公より目立ってる奴までいてさ。ここに注目しない手はないよ。

たとえば、僕は『坊っちゃん』に出てくる「赤シャツの弟」という、めちゃくちゃマイナーな人物のことが気になってしょうがないんだ。

勉強が得意じゃなくて、腹黒い兄の使いっ走りみたいなことさせられてさ。彼は一体どんな子ども時代を送ってきたんだろう？　これからどんな風に生きていくんだろう？　って思っちゃう。あるいは、彼から見たら、赤シャツという兄はどんな風に見えているんだろう？　とか、坊っちゃんのこと、どう思ってるのかな？　とかさ。作品にはほんとにちょっとしか出てこないんだけど、妙に想像力をかき立てる人物なんだよね。

『坊っちゃん』で言えば、野だいこも変な奴だなあ。「○○でげす」とか言って、わけ分かんないし、そもそもこんな人いないよね。でも面白いよ。キャラクターが立ってるもの。

主人公ではなく、脇役を基点にして小説全体を見渡してみることのメリットは、そうすることで**全く違った世界が出現する可能性がある**ってこと。

主人公の目からでは見えない風景が見える、知り得なかったことが知られる。それが面白いし、もしそういう読み方ができたら、読書もかなり上達してきたと言っていいだろう。

もちろんそういう読み方は、いろんな作家のいろんな小説でやってもらってかまわないんだけど、漱石作品だったら『三四郎』でチャレンジしてみてほしい。というのも、ここに登場する美禰子というのがとても魅力的な脇役なんだ。読者のいろいろな読み方を引き出してくれる存在なんだよ。

イケてる女・美禰子

美禰子は、簡単に言ってしまうと、イケてる女、モテる女です。都会育ちで、自由奔放で、英語が得意。明治という時代の制約のなかでだけど、思想的にもかなり自由。自分の意志というのがちゃんとある女性なんだよね。

三四郎はそんな彼女に恋をするんだけど、最終的にはフラれてしまう。その意味で『三四郎』は恋愛小説と言えば言えなくもないんだけど、ふたりの恋愛は、そもそも無理な感じもするんだ。だって、**美禰子は都会のイケてる女**で、**三四郎は田舎から出てきたばかりのあまりイケてない大学生**だからね。

その上、コミュニケーションがうまくできない人なんだよ、三四郎は。ちょっと坊っちゃんに似てるんだ。でも坊っちゃんよりは可愛らしく書かれている。**坊っちゃんがキレる若者だとすれば、三四郎はシャイな草食系男子**ってとこかな。東京帝大（東京帝国大学。現・東京大学）に入れるくらいだから頭はいいんだけど、性格は素朴で奥手。エリート男子の上から目線みたいなものが感じられないキャラクターだ。

たとえば、冒頭のシーンで三四郎は熊本から上京する列車で偶然出会った女と名古屋で一泊しなくちゃいけなくなるんだけど、このときの三四郎はまさに草食系。たまたま同じ列車に乗り合わせただけなのに、この女がやけに積極的なんだよ。三四郎が「一緒に泊まりましょう」とは言ってもないのになぜかついてきて、宿ではお風呂も一緒に入っちゃうし、同じ布団に寝ようとするし。明らかに誘ってるんだよね。

でも三四郎は、女の誘いに乗らないんだ。というより、怖じ気づいてる感じが強い。

「敷いてある敷布《シート》の余っている端《はじ》を女の寐《ね》ている方へ向けてぐるぐる捲《ま》き出《だ》した。そうして蒲団の真中に白い長い仕切《しきり》を拵《こしら》えた」……って、つまり三四郎はふたりの間にシーツで壁を作っちゃう。そうして窮屈に朝まで過ごすんだ。

　女性からの誘いを断る方法としてシーツで壁を作る。もう、わけが分からないよね。そんなことなら最初から一緒に泊まらなきゃいいのにって思うけどね。でも、**きっぱり断ることもできないのが三四郎**だ。美禰子とは正反対で、自分の意志をはっきり伝えられない男なんだ。

　わけの分からない布団で女と一晩を過ごした後、三四郎は「あなたはよっぽど度胸のない方《かた》ですね」って女から言われちゃうんだけど、まあ、それぐらい真面目というか、ノリで誰かと仲良くなるなんてできない男だってこと。そういうコミュニケーションの下手くそさが彼の可愛いところでもあるんだよ。

　そんな調子だから、三四郎と美禰子の恋愛がすんなりいくわけないよね。美禰子は都会的すぎるし、三四郎は素朴すぎる。美禰子というのは、埃《ほこり》まみれになるような大掃除の日に、レースのついた白いエプロンをつけてくるような女。田舎育ちの坊っちゃんには高嶺《たかね》の花、っていうかやや無理っぽい。

君は美禰子をどう思う？

ここで君たちに訊きたいのは、この**美禰子という女をどう思うか**ってこと。いい女と思うのか、嫌な女だと思うのか。実に気になるところだな。それについて是非読書感想文を書いてほしい。先生は怒るかもしれないけど、絶対面白くなると思うんだよなあ。

ちなみに僕は、美禰子みたいな女の人、けっこう好きなんだよね。僕は生まれが山形県で、高校は埼玉県だったから、早い話が三四郎と同様「東京の外」にいた人間。だから都会的な女性に弱いのかもしれない。美禰子みたいな人には、異世界の住人みたいで憧れるところが正直あります。

でも、僕が文芸漫談を一緒にやっている、いとうせいこうさんは、美禰子は嫌な女だって言うんだ。いとうさんは東京の人で、常に東京の最先端のものを見続けてる人だから、同じく都会人である美禰子とはぶつかっちゃうのかもしれないな。君たちはどう？

迷える子・ストレイシープ

ここらへんで実際に三四郎と美禰子のやりとりを見てみようか。三四郎が美禰子や仲間たちと菊細工《きくざいく》*1を見に行くというエピソードがあるんだけど、見物客があまりに多すぎて、美禰子の具合が悪くなってしまう。でも、美禰子はそれをみんなには教えない。三四郎にだけ「もう出ましょう」と言って会場を離れる。そしてふたりはしばらくの間散歩をすることになる。

ふたりで抜け出す直前の美禰子の描写がすごいよ。美禰子の様子が少しおかしいと気づいた三四郎が「どうかしましたか」と言う。するとこうだ。「美禰子はまだ何とも答えない。黒い眼をさも物憂《ものう》そうに三四郎の額《ひたい》の上に据えた。その時三四郎は美禰子の二重瞼《ふたえまぶた》に不可思議なある意味を認めた。その意味のうちには、霊の疲れ*2がある。肉の弛《ゆる》みがある。苦痛に近き訴えがある」。

この解釈に次ぐ解釈を見てよ！　**あらゆるところに意味を読み取ろうとする三四郎の心の動きは、まさに片想い中の人間の精神そのもの**だよね。好きな子じゃなかったら「なんか疲れてそうだなー」で終わってしまうところだよ。一瞬の表情からここまでいろいろ考えられること自体が、恋する気持ちの現れだと言えるだろう。

この描写のあとに「どこか静かな所はないでしょうか」と美禰子が言うもんだから、三四郎はそういう場所を目指して歩くんだけど、仲間のところから抜け出してきちゃった自分たちを美禰子はまるで「大きな迷子」だと言うんだ。

ここは『三四郎』のなかではかなり有名な、**迷子＝ストレイシープ**のくだりだね。ストレイシープは「迷える羊」という意味で、新約聖書に出てくるんだけど、美禰子は三四郎に自分たちはストレイシープなのでは、みたいなことを言う。それをきっかけにおしゃべりをすればいいんだけど、三四郎は会話のキャッチボールがうまくできない。

「三四郎はこういう場合になると挨拶に困る男である。咄嗟《とっさ》の機が過ぎて、頭が冷《ひやや》かに働きだした時、過去を顧みて、ああいえば好《よ》かった、こうすれば好かったと後悔する。といって、この後悔を予期して、無理に応急の返事を、さも自然らしく得意に吐き散らすほどに軽薄ではなかった。だからただ黙っている。そうして黙っている事が如何《いか》にも半間《はんま》＊3であると自覚している」……せっかく美禰子とふたりきりなのに、三四

＊1　**菊細工**　菊の枝や花、葉をさまざまに細工して人間や動物などを作ったもの。展示され、人々が行楽として見物に出かけた。
＊2　**霊**　ここでは、精神、心のこと。⇔肉（肉体）
＊3　**半間**　間の抜けていること。気がきかないこと。

郎はおしゃべりが上手にできないでいる。ほんと、シャイな人なんだよね。

でも**ここはアート的に見るとすごく美しいシーン**だ。三四郎が好きな人と一緒に散歩をしている。しかもそれは相手が誘ってくれたもの。そして都会的な女性の口からストレイシープの話がちょっと淋し気な様子で語られる。ストレイシープという言葉自体もなんだか魅惑的だ。

そう考えると、全体的にとても甘酸っぱいムードだよね。恋するがゆえにコミュニケーションがうまく取れない三四郎も、むしろチャーミングだとも言える。

「迷える子《ストレイシープ》という言葉は解《わか》ったようでもある。また解らないようでもある。解る解らないはこの言葉の意味よりも、むしろこの言葉を使った女の意味である」という三四郎の気持ちは、恋の切なさとか、女の人の不可解さとか、そういうものを感じさせる。複雑な感情が、美的なセンスによってひとつの文章にまとめあげられているのが素晴らしい。

このあたりの書き方は『草枕』とも通じるもので、なんとも美しいものだけど、美禰子に魅力を感じてない読者からすると「なにがストレイシープだよ、アンニュイすぎだろ」と思うかもしれないね。何を考えているのか分からないし、思わせぶりな態度にイライラするという人もいるだろう。

美禰子は一切内面が描かれないキャラクターだから、イライラするのもよく分かるよ。謎めいたところがある、というか、少なくとも三四郎にとっては謎めいているわけ。それで好きになって振り回されてさ。何を考えてるか分からない女の典型みたいな人。

美禰子みたいな人って、いまでもいるよね。ひとりだけ大人びていて、都会的で、センスもよくて、すごく魅力的でもあるけど、嫌いな人は嫌いだろうなっていう人。賛否両論の人だよね美禰子は。

美禰子という脇役に注目することの面白さはまさにそこだ。美禰子が好きな人から見れば、彼女を中心に非常にアート的で美しい世界が開けてくるけど、そうじゃない人から見れば、三四郎を振り回す嫌な女ってことになってしまうという。

でもさ、**美禰子に共感することも、しないことも、アリ**だ。どっちが良くて、どっちが悪いということではない。むしろ複数の視点、複数の価値観がクロスするところにこそ、小説の豊かさというのはある。

『坊っちゃん』のときは、「悪い奴ではないから仲良くしてやってよ」って思ってしまった僕だけど、美禰子については、いろんな意見を戦わせるのが面白いんじゃないかと思います。「こういう態度はよくない」とか「三四郎が可哀想だ」とか、いろいろと意見を出していったらいいと思うよ。

君なりの『三四郎』

美禰子という脇役をじっくり眺めてみると、読者の数だけ美禰子の見え方があるということが分かるだろう。それはつまり読者の数だけ『三四郎』という作品の読まれ方が存在するということも意味している。

ある小説が面白く読めた場合、それは読者の功績だってことを話したと思うけど、小説というのは、**読むことで読者それぞれが面白さを作り出していく**のであって、それは相当に高度なことなんだ。たとえそれが「美禰子はいい女なのか？」みたいな、ちょっとふざけた視点から読まれるものであってもだよ。

読書が自分で作った世界を自分で面白がる行為だとして、その世界が読者によってひとつひとつ異なっているとすれば、この世にはものすごくたくさんの『三四郎』があるとも言えるわけだ。そして当然、**読者の数だけ三四郎や美禰子のイメージがある。**そう考えると小説って本当に面白い。

みんなと同じ感想を述べる必要なんかない。同じ教訓、同じ価値観を学び取る必要もない。小説を真剣に読み込んだ結果、みんなと違うゴールにたどり着いてしまうことがあっても、ダメだなんて思っちゃいけない。むしろすごいことかもしれない。なんで違うんだろうって考えることはいいことだけど、違うからダメだってすぐに否定するのはナシだ。

　僕が美禰子を好きで、いとうせいこうさんは美禰子を嫌っているということは、それだけ『三四郎』という作品が自由かつ柔軟に読まれている証拠。それは端的に言ってとてもいいことなんだよ。だから君たちも「自分には美禰子がこう見える！」というのを是非考えてみてほしいし、人に語ってほしい。

『三四郎』の時代

　最後に『三四郎』が書かれた時代のことをちょっとだけ話しておこう。『三四郎』が新聞で連載されていたのは一九〇八年（明治四一）のこと。東京帝国大学に三四郎の入学が決まって、物語は彼が熊本から上京するところからはじまっていて、その途中で例のシーツ事件も起こっている。

　いまとなっては当時のリアリティを摑むのはけっこう難しいかもしれないな。大学進学を機に東京に出てくる人はいまもたくさんいるけど、熊本と東京のギャップというのは、いまの感覚とはだいぶ違うかもしれない。

　当時だって東京はそりゃもうすごく都会だし、それにくらべれば熊本は田舎だよ。

三四郎も「電車のちんちん鳴るので驚いた。それからそのちんちん鳴る間《あいだ》に、非常に多くの人間が乗ったり降《おり》たりするので驚いた。次に丸の内で驚いた。尤《もっと》も驚いたのは、どこまで行《いっ》ても東京がなくならないという事であった」とか「三四郎は全く驚いた。要するに普通の田舎者が始めて都の真中に立って驚くと同じ程度に、また同じ性質において大《おおい》に驚いてしまった」とか思ってるからね。

でも東京だけが都会で、そこに全てが集中してたかというとそうでもないんだ。地方都市としての熊本だって、ちゃんと文化に奥行きがあって、地域の力もあった。もちろんいまだってそうだ。というか、そうであってほしいよね。東京が一番みたいに思えるけど、案外そんなことはない、なんてことはけっこうある。今後はむしろ東京の方が地方都市より遅れている、なんてことも多々あるかもしれないね。

だから、三四郎がただ田舎から都会に出てきた、と解釈してしまうとちょっと違うかもしれない。

それから、当時の帝大生ってすごく人数が少ないんだよ。本当に限られた人たちだけが勉強できる場所だったんだ。そういう意味で三四郎は、いまの東大生とはくらべものにならないくらいの超エリートなんだよね。

だけど、当時の人たちは、けっこう三四郎に思い入れを持って読んでたんじゃないかと思う。読者の共感を引き寄せることが、ヒットする小説のひとつの大きな特徴でもあるわけだけど、新聞に連載された『三四郎』はまさしくヒット作だった。「これは俺のことだ」「これは私のことだ」と思った読者がたくさんいたんだね。

これは自分のことだ！

本当なら超エリートの帝大生である三四郎に共感できる読者というのは限られるはずなんだけど、実際は逆で、多くの読者がこの作品を読んだ。つまり「**これは自分のことだ**」**と思わせるものが『三四郎』にはあった**ということだね。

地方に住んでいる読者なんかはとくに、『三四郎』に書かれている帝大生の暮らしとか、東京の風俗とか、細かいことはよく分からなかったと思うけど、それでもみんな三四郎の物語にハマった。もちろんそういう自分の知らない風俗を読む面白さもあったんだろうね。

そのことについては、こんな思い出がある。僕が高校生だった頃、たまたま庄司薫の『赤頭巾ちゃん気をつけて』という小説を読んだんだ。けっこう好きな作品だったんだけど、クラスメイトのニシダくんも「俺も好きだ」と言うわけ。

それで「この小説のどこがいいの？」と訊いたら「あれは俺のことだ」と言うんだよ。『赤頭巾ちゃん気をつけて』は、日比谷高校に通う三年生の男子が主人公で、お父さんは官僚。家にはお手伝いさんがいて、ガールフレンドは女子大の附属校に通うようなお嬢様だ。

つまり、いかにも都会的なんだよね。インテリだし、家は裕福。はっきりと書かれているわけじゃないけど、山手線の内側に住んでる。遊ぶ場所だって銀座とか赤坂だよ。いまどきの都会の高校生だってそんな遊び方しないよってぐらい、おしゃれなんだ。

そんな小説の主人公と自分が似ているというニシダくんの家だけど、埼玉県の飯能《はんのう》の奥にあるんだよ。思いっきり山手線の外側だ、というか、山だよ、山。僕は彼の家に遊びに行ったことがあるんだけど、山のなかの一軒家。お手伝いさんがいないかわりに鶏がいた。可愛いガールフレンドはもちろんいない。もう『赤頭巾ちゃん気をつけて』とは全然似てないの。

でも、彼の家を見て僕は**「小説ってすごい！」と心から思った**。どう考えたって『赤頭巾ちゃん気をつけて』の世界とニシダくんの世界は重ならないのに、本人は「あれは俺のことだ」と思っている。そのことに小説の力を感じたんだよね。共感を呼べるってことがすごい。

ニシダくんが『赤頭巾ちゃん気をつけて』で感じたようなことを、『三四郎』の読者も感じていたんだろうなと思うと、とてもしっくりくるというか腑に落ちる。**年齢**

や性別、家族構成や社会的立場が違っていても「これは自分のことだ」と思わせられるのが小説の力というものなんだよね。もちろんそれだけが小説の面白さじゃないけどね。

当時の読者が普段の自分とは似ても似つかない三四郎になりきって、美禰子を見て、彼女に恋して、振り回されて、やがてフラれたのかもしれないと思うと、遠い明治時代の人も、すごく身近に感じられるよね。だって僕らもいままさに「脇役に注目しよう！」「君は美禰子をどう思うんだ？」とか言ってるわけだからさ。**読書は時空を超えるんだよ。**

さて、今日もそろそろフルートの時間だ。でも今日は練習じゃないよ。今夜はライブがあるんだ。小説家の顔を脱ぎ捨てて、ミュージシャンになるのはとても楽しい。読書が主人公至上主義だけじゃ面白くないように、人生だって、いくつかの役を経験できた方が楽しいに決まってるからね！　じゃあ、また！

第6章

“短編集”

作者の実験精神を探ってみよう

◎漱石の最初の短編集、『漾虚集《ようきょしゅう》』。一九〇六年（明治三九）に刊行された。「倫敦塔《ロンドンとう》」「カーライル博物館」「幻影《まぼろし》の盾」「琴のそら音《ね》」「一夜《いちや》」「薤露行《かいろこう》」「趣味の遺伝」の七作が収録されている。

漱石と言えば長編小説のイメージがあるかもしれないけど、実は短編小説もたくさん書いているんだ。『坊っちゃん』や『こころ』のように、名前を出せばすぐにみんなが「ああ、アレね！」となるような有名作品がたくさんあるわけじゃないけど、だからといって、短編に読む価値がないかというと、全然そんなことはない。むしろ、漱石作品最初の一冊として短編集を手にとってくれてかまわないぐらいだ。いきなり長編を読むのがキツいと感じる人も、短編から入ればほかの作品に移行しやすいしね。とくに漱石の短編は、長編を読むときのヒントがいっぱい隠されている。まあ、僕に言わせれば……

OKUIZUMI EYE

短編集とは小説の実験場なんだ！

短編集というのは、小説のいろいろな方法、題材、スタイルが試されている実験場のようなもの。どんな技法が有効か、どんなスタイルが面白いのか、自分の手で確かめてみようと作家が思って書く、それが短編だと言える。とくに長編を得意とする作家の場合はそうだと思うよ。

そして作家が「これは使える！」と思ったものは、当然ほかの作品でも使われる可能性がある。**いろんな作品にたどり着ける通路みたいになってるのが短編**なんだよ。

短編集で行われた基礎的な実験が、ほかの作品でどんな風に応用されているのかが分かると、小説を読む楽しみはさらに増すよね。「おっ、これの元ネタは〇〇だな」と分かると、興味はさらに広がってくる。

『吾輩は猫である』と実験場『漾虚集』

漱石の短編集に収録されている作品の多くは、もともと『漾虚集』という本に収録されていたものなんだけど、『漾虚集』に収められた短編を書いていたときの漱石は、ちょうど『吾輩は猫である』も書いていたんだ。『吾輩は猫である』は連載期間が一年以上あって、漱石はその間に短編にも手を染めていたわけだね。

『吾輩は猫である』というのは、僕が見たところ「**なんか書けちゃった**」という小説なんだ。「こんな風に書こう！」と最初からきっちり決めて書いたというよりは、なんとなく書きはじめて、そしたら周囲の評判もよくて、結果的に思ったより長く書けちゃった。そんな小説。

マンガなんかでよくあるよね。短編を頼まれて書いたら読者の評判がよくて、結局連載になった、というパターン。あれとよく似ている。

実際、**『吾輩は猫である』は第一章で終わるはずだったん**だ。「名前はまだつけてくれないが、欲をいっても際限がないから生涯この教師の家《うち》で無名の猫で終るつもりだ」というのが第一章の結びの文句《フレーズ》。これは明らかに冒頭の「吾輩は猫である。名前はまだない」と対になっているよね。ここで終わるつもりだったんだということが分かる。

でも実際は、第一章では終われなかった。やたら評判がいいからもうちょっと書こう、まだまだ書けそうだ、と思っているうちに、長編になっていた。そんな感じだろうね。

そして、これは僕の想像だけど、漱石は『吾輩は猫である』を書き進めるなかで、小説を書くということ自体に大きな意欲とか関心を持ちはじめたんだ。そこで『漾虚集』という実験場を作り、いろいろな短編にチャレンジしはじめたんだね。

つまり『吾輩は猫である』を書いてみたら「なんか書けちゃった」んだけど、それじゃ満足できなくなって、どうやったらもっと書けるようになるのか、自分に向いている書き方はどれなのか、そういうことを発見するための**試行錯誤が短編集には詰まっているわけ**。

どんな作家もそうなんだけど、小説とはどういうものなのか？　ということを確かめたくなる時期ってあるんだよ。漱石も絶対そういう時期があったと思う。

書いたことがない人には信じてもらえないかもしれないけど、**小説って、最初はなんとなくで書けちゃう**んだよ。でも、職業作家になって、これからずっとプロとして書き続けたいなと考えたときに、じゃあ果たして小説とはどういうものなのか？　という問いに否《いや》が応《おう》でもぶつかる。するとやっぱり「実作を通して確かめるしかない」

という結論になる。

作家の性格にもよるから、みんながみんなそうだとは言わないけど、でも**実験をしてみたくなる小説家は多い**と思う。実は僕もそうなんだ。僕の場合だと、「滝」という小説を昔書いたんだけど、これなんかは三人称で複数の視点が出てくる方法を意図的に試してみた作品だ。練習というと語弊があるけれど、そんな感じがないでもない。

漱石という人は、小説を書きはじめた時点ですでに国内外の文学に精通していたわけだけど、それはあくまで読者や学者の立場で精通しているのであって、作者の立場ではなかったんだよね。知識はとても豊富だけど、自分で実際に書いてみて得た知識じゃない。

だから小説を書きはじめたときに、とにかく手を動かして、自分でいろいろ実験してみよう、何ができるか確かめてみようと思ったんだろうな。短編集を読んでいるとそういう気持ちが透《す》けて見えるようだよ。漱石作品の舞台裏を覗かせてもらってるみたいで、面白いだろう?

わけの分からなさすぎる「一夜」

僕は、漱石の短編集には、大きく分けて四つの種類があると思っている。まず**(1)ロ**

ンドン留学時代[*1]**を題材にしたもの**。それから⑵**日露戦争を背景にした怪談**。そして⑶**ヨーロッパ文学を下敷きにしたロマン的な物語**。最後に⑷**全くわけの分からないもの**。

同時期に書いていた『吾輩は猫である』が明るくてユーモラスな小説だとすれば、短編集は暗かったり、怖かったり、ときに熱がこもっていたり、あるいはちょっと陰惨だったりと、いろんなテイストがある点に注目してほしい。

で、僕が君たちにまず読んでほしいのは⑷だ。とりあえず「一夜」[*2]という短編を読んでみてほしい。男ふたりと女ひとりが部屋のなかにいて、とりとめのない話をしているという作品。というか、それ以外に何もない。たぶん漱石が書いた小説のなかで、**一番わけの分からない作品**だと思う。というか、**分かったらすごい**。

三人は絵画や夢の話をしているようなんだけど、どうも何を言っているのかはっきりしない。途中で何の脈絡もなく鳥が飛んできて「ククー、ククー」と鳴いたりして、あれはホトトギスかな？　とかしゃべってるんだけど、その会話も大して長続きせず、またも話題はよく分からない方向へと転がっていく。

＊1　**ロンドン留学時代**　一九〇〇年（明治三三）から二年間、漱石はイギリスに留学。神経衰弱に陥り、「夏目発狂」という噂が流れ、帰国を命じられた。

＊2　**「一夜」**　一九〇五年（明治三八）発表。「うつくしき眼と、うつくしき髪」の女、「髯のある」男、「髯のない」男の三人が八畳の座敷に集い、一夜を過ごす。

ラストもすごいよ。「何故《なぜ》三人が落ち合った？　それは知らぬ。三人は如何《いか》なる身分と素性と性格を有する？　それも分らぬ。三人の言語動作を通じて一貫した事件が発展せぬ？　人生を書いたので小説をかいたのでないから仕方がない。なぜ三人とも一時に寝た？　三人とも一時に眠くなったからである」……**知らぬ存ぜぬで、終了。説明を完全放棄。**シュールすぎて最高だよ。

一応あらすじを語ってはみたけど、とにかく実際に読んでみてほしい。ほんとにわけが分からないし、何がしたかったんだろう？　って感じだから。でも、こういうわけの分からないものを漱石が書いていたんだと知るのは面白いんじゃないかな。「一夜」は漱石らしいふざけた感じが面白い作品でもある。ふざけてるというか、わざとハズしてるんだよね。だから、**わけが分からなくても目くじら立てちゃダメ**。軽い気持ちで読まないと。まあ、例によって小説は全部じっくり読まなくてもいいんだからさ、ちらちら眺めてみてよ。

ちなみにこの作品、漱石が『吾輩は猫である』のなかに登場させているんだ。ちょっとその部分を読んでみよう。「私の友人で送籍《そうせき》という男が『一夜』という短篇をかきましたが、誰が読んでも朦朧《もうろう》として取り留めがつかないので、当人に逢って篤《とく》と主意のあるところを糺《ただ》して見たのですが、当人もそんな事は知らないよといって取り合わないのです」。

「送籍という男が『一夜』という短篇をかきました」。これこそが漱石の「一夜」だね。このあとに「随分妙な男ですね」とか「馬鹿だよ」とか「送籍はわれわれ仲間のうちでも取除《とりの》け＊3ですが」といった送籍＝漱石に対する否定的な言葉が続くんだけど、これを書いてるのが漱石自身なんだからおかしいよね。自分の小説のことを、東風とか迷亭の口を借りて悪く言うわけだからさ。

でも、「一夜」がわけの分からない短編だぞということを、わざわざ別の作品のなかで言ってみせる漱石の気持ちを考えると、**実はけっこう深い企みがあるんじゃないか？**という気がしてくる。それでもう一度「一夜」を読み返してみると……うーん、やっぱりわけが分からない！

シューマンも残した謎

「一夜」について僕らが何か言えるとすれば、それはこの短編自体がひとつの謎として読者の前に立ち現れているということだよね。簡単には解けない謎が、ここにはある。

＊3　**取除け**　例外のこと。

こういう謎を仕掛けるのが上手い人はほかにもたくさんいる。西洋の音楽家ならたとえばロベルト・シューマン。ドイツの作曲家で、音楽評論も書いていたんだけど、彼は謎が好きな人だったんだ。

たとえばシューマンには「謝肉祭」というとても有名な曲がある。謝肉祭というのはカーニバルのこと。仮装した人々がパレードしたりするんだけど、シューマンはそれをピアノ曲にした。

いろんなコスプレをした人が次々に出てくるパレードの様子を短い曲の連なりによって表現しているんだけど、ちょうど真ん中のところに「スフィンクス」という曲が出てくる。

「スフィンクス」は変な曲だよ。四つの音符が書いてあるだけなんだ。そして楽譜には演奏しなくていいという指示も書いてある。だからコンサートなんかではここは飛ばしちゃうのがふつう。

演奏しなくてもいい曲をわざわざ楽譜のなかに忍ばせておくというのは、まさに謎としか言いようがないんだけど、実はここに書かれた四つの音列は、「謝肉祭」に出てくるほぼ全部の曲のなかに登場しているんだ。

つまり、**演奏されない「スフィンクス」に書かれた音列こそが、「謝肉祭」という曲全体を支配する鍵になっているん**だね。まるで暗号解読みたいだろう？

シューマンの謎と言えば「アベッグ変奏曲」なんて曲もある。アベッグというのは、架空の伯爵令嬢の名前という設定になっていて、このアベッグは「ＡＢＥＧＧ」と書くんだけど、それは「ラシミソソ」に置き換えられる。[*4] で、シューマンはラシミソソの組み合わせを基にして曲を作っちゃったの。なかなか面白いよね。

ちょっと話が脇道に逸《そ》れちゃったけどさ、こういう謎好きのクリエイターは美術や音楽、いろいろな芸術分野にいる。もちろん小説家にもたくさんいるわけで、漱石だって「一夜」という作品のなかに**なにかとんでもない謎を仕掛けたかもしれないよね！**　そう考えると夢が広がるなあ。百年経ってもまだ解明されていない短編の謎。もし君に解けたら是非とも教えてほしい。

いまも斬新な「倫敦塔」

出来の良い短編ということでいうと「倫敦塔《ロンドンとう》」[*5]がおすすめです。これは(1)の要素と(3)の要素の融合を狙って書かれた、**とりわけ実験的な作品**だと言えるだろう。

*4　「ドレミファソラシド」はイタリア語の音階表記。英語では「ＣＤＥＦＧＡＢＣ」で記す。

*5　**「倫敦塔」**　一九〇五年（明治三八）発表。ロンドン塔とは、ロンドンのテムズ川北岸にある城砦で、国事犯の牢獄・処刑場とされた。現在は博物館として公開。

あらすじとしては、漱石とおぼしき人物が英国の倫敦塔を観光するというものなんだけど、そこに死んでしまった人物や、歴史上の有名人なんかが幻影として現れるのが非常に幻想的で、いま読んでも斬新な手法で書かれているなと思う。

現在の時間と過去の時間が重なり合っていて、どっちの時空にも怪しい人物が出てくるんだ。三羽しか見えない鴉を五羽いると断言する女とか、リチャード三世[*6]に殺されたエドワード四世[*7]の子どもたちとか。シェイクスピア作品の題材になっている人物たちも出てくるんだけど、生きてる人も死んでる人も、とにかくなんか怪しい。

現在と過去の時空に不思議な人物たちが次々と現れることによって、ふたつの時空の境界線が曖昧になり、それを見ている主人公はもちろん、それを読んでいる読者の感覚すらもぼんやりしてくるような感じがある。そういう仕掛けはなかなか魅力的だと僕は思うな。

ホラーか、怪談か、夢物語か？

それから(2)のなかでは、「趣味の遺伝[*8]」と「琴のそら音《ね》[*9]」が比較的読みやすいと思う。日露戦争を背景とした、一種の怪談だね。ホラーというほどではないけど、**神秘的な出来事に遭遇する物語**になっている。

とくに「琴のそら音」は面白いよ。ユーモア混じりの怪談だから、怖いのが苦手な人でも大丈夫。

あらすじはこんな感じ。主人公が津田という友だちの家に久しぶりに遊びに行くと、幽霊の本を読んで研究しているという。それで本当にあった怖い話を教えてくれるんだけど、インフルエンザにかかって亡くなった女が、死んだあと夫に会いに行ったという荒唐無稽な話なんだよね。

主人公は、最初は津田の話を真面目に聞かないんだけど、戦争で遠いロシアの地にいる夫の手鏡のなかに病気でやつれた女の顔が一瞬映ったとか、女の死んだ時刻と鏡のなかに女が現れた時刻が一緒だったとかいう話を聞くにつれ、そういうこともあるのかもしれない、との思いに囚われてゆく。

普段だったら絶対に信じなかったであろう友だちの話が妙にリアルに感じられたのは、ちょうどそのとき、主人公の婚約者がインフルエンザにかかっているからなんだ。

＊6　**リチャード三世**　一五世紀英国の王。兄・エドワード四世の息子を退けて即位した。シェイクスピアの戯曲では残忍で狡猾な男として描かれる。
＊7　**エドワード四世**　一五世紀英国の王。リチャード三世の兄。ばら戦争でランカスター派を破り王位に就いた。
＊8　**「趣味の遺伝」**　一九〇六年（明治三九）発表。日露戦争で戦死した男と、彼の墓参りをする女の、先祖にまで遡る因縁。
＊9　**「琴のそら音」**　一九〇五年（明治三八）発表。出征した兵士の妻は、自分がもし夫の出征中に死んでも「必ず魂魄だけは御傍へ」行くと告げていた……。

それでなんだか恐ろしくなって、帰り道も家に着いてからも、なんだか変な目にいろいろ遭って、ろくろく眠《ねむ》れもせず、翌朝一番で婚約者の家に様子を見に行くんだけど、彼女のインフルエンザはもうとっくに治ってるんだよ。じゃあ、前の晩に**めちゃくちゃビビってたのは何だったんだ、**というオチ。

友だちからインフルエンザで死んだ女の幽霊話を聞いたときに、たまたま自分の婚約者もインフルエンザだったとか、帰り道でたまたま棺桶を担《かつ》いだ不気味な男たちとすれ違ったとか、家に着いたら今日に限って犬の遠吠えの様子がいつもと違うと女中さんが言ったとか、そういう偶然の積み重ねが恐怖心を煽《あお》っていく展開は読んでいて面白いよ。

それと同時に、この恐怖心が**物事の解釈の仕方によって引き起こされている**というのが、漱石のセンスを感じさせるところだ。本当に幽霊が出てきたりしたら、ただの怪談になってしまうんだけど、それをぎりぎりのところで回避している。

でも、かといって**「全てが夢幻でした、はいおしまい」という感じでもない**んだよ。やっぱり、あの一夜を境に、主人公にはこの世というものがちょっと違って見えてくるんだよね。「倫敦塔」もそうなんだけど、何が現実で何が非現実なのかが分からなくなっていく瞬間のなんとも言えない感じが読みどころ。

これが完全に現実を離れて、非現実の世界に行くと『夢十夜』みたいな話になっていく。あるいは、こういう思い込みの激しい男の心情をもうすこし真剣に見つめてみた作品が『三四郎』や『こころ』だと言えなくもない。それから、幽霊研究をしてる友だちは『吾輩は猫である』の迷亭みたいだよね。学究心はあるんだけど、なんか胡《う》散臭《さんくさ》い、みたいなさ。

こんな風に、いくつかの短編を読むだけで、漱石という作家の創作術がけっこう分かってくるんだ。何年に生まれて何年に何をした、みたいな年譜的情報から漱石のことを知るのもいいけど、**小説を実際に読むことで、書き手としての漱石を理解していくのも楽しい**ことだと思うよ。

僕の小説を読めば、僕のことが分かるかと言われると……そうだなあ、できれば小説とセットで僕のフルートも聴いてもらえるといいんだけど。そうだ、ここで一曲何か吹いてあげようじゃないか。ちょっと待っててね、いま部屋からフルート取ってくるから！

第7章

『こころ』

傑作だなんて思わなくていい

⊙一九一四年（大正三）『朝日新聞』に連載された長編小説。「先生と私」「両親と私」「先生と遺書」の三部から構成される。大学生の「私」が「先生」に出会って心惹かれるが、先生は自殺。その遺書から、親友を裏切った先生の過去が明らかになってゆく。

『こころ』は、日本でもっとも読まれている小説のひとつだと言っていいだろう。深くて重いテーマを内包したこの作品は日本人が読むべき大傑作とされ、読書感想文の課題図書になることも多い。『吾輩は猫である』や『坊っちゃん』とは違って「真面目な小説」というイメージがかなり強いのもこの作品の特徴だ。そして、これは有名作品の宿命でもあるけど、『こころ』は、何世代にもわたって読み継がれていくなかで、読む前から内容が分かってしまっている国民的ネタバレ小説。さて、そんな『こころ』をどう読めばいいものか？　まず言っておかなくちゃいけないのは……

OKUIZUMI EYE

『こころ』は決して傑作ではない!

いきなりですが、**『こころ』は無理して読まなくていい小説**です。教科書に載っていたり、読書感想文の課題図書になっていることも多いから、君たちはどのみち読まされるんだろうけど、一応僕からは「無理するな」と言っておきたい。

というのも、漱石作品のなかで**『こころ』は必ずしも傑作とは言えない**からなんだ。完成度の高さで言えば『それから』(第9章参照)や『門』の方が素晴らしいし、小説のテーマということで言えば『明暗』(第10章参照)がはるかに勝《まさ》っている。小説が持っている豊かさという意味では『吾輩は猫である』の方が上。僕なんかはそう思っちゃうわけ。

『こころ』という作品は漱石作品の頂点をなすような作品ではなくて、**むしろ失敗作**だと思う。じゃあ失敗作はダメなのかというと、逆にそういう作品の方が魅力的だったりもするから、一概にダメとも言えない。

つまり何が言いたいかというと、『こころ』が日本の近代小説のなかで最高の傑作なんだ、だから読まなくてはいけないんだ、という強迫観念は要らないってこと。『こころ』を読むときは、**傑作だというイメージを捨てることからはじめるべき**。このことをまずは肝に銘じてほしい。

『こころ』が漱石作品の代表作ではない、傑作ではない、と言っているのは実は僕だけじゃないんだ。漱石作品についての批評を書いている人で『こころ』を代表作だと言っている人は少数派。だいたいは『吾輩は猫である』派と『道草』[*1]派と『明暗』派、ぐらいに分かれている。

評論家と言えば読書のプロだよね。そのプロに「漱石の代表作をどれかひとつ挙げなさい」と訊いても、『こころ』はあまり出てこないんだよ。では、なぜ『こころ』の評価がそれほど低いのか？　それは、**よーく読んでみるといびつ**だからです。どんな風にいびつなのか、これから順を追って説明しよう。

国民的ネタバレエンタメミステリー

この作品は、全体が「上中下」に分かれている。「下」は先生の遺書の内容がそっくりそのまま載っている。ここが『こころ』のなかで一番有名かつもっとも重要な部分だね。

そして「上」には、「私」と先生との出会いとか、ふたりが仲良くなっていく過程とかが描かれている。「中」は「私」が実家に帰っているときの話になっていて、父親が死にそうだとか、そういう「私」の状況が描かれる。

ごく簡単に言うと**「上」と「中」はミステリーの技法を使っている**。先生の奥さんが登場するんだけど、先生夫婦は、ギクシャクしているのともまた違う何か寂しい関係で、なんだか様子が変なんだ。

つまり**「先生はちょっとおかしいぞ、この人は何を考えているんだ？」という謎**をめぐる話になっているのが「上」と「中」。このあたりは、漱石がエンターテインメント性をかなり意識して書いていると言っていいだろう。

ところが悲しいことに、『こころ』は**いまや国民的にネタバレしている小説**だよね。かなりの人が読んでいて、人物関係から結末までみんな分かっちゃってる。だから「上」と「中」で謎を仕掛けて「下」の遺書のなかで先生と奥さんの関係について「実はこうでした」って明かされても、**「うん、もう全部知ってますんで」**ということになってしまいがち。

＊1　**『道草』**　一九一五年（大正四）発表の長編小説。『吾輩は猫である』執筆時をモチーフにした自伝的作品。

ミステリーだろうがなんだろうが、ネタバレしてても面白く読めるのが本当の意味での名作だという話をしたと思うけど、そういう意味でいうと、この小説は**ネタバレしてもなお面白いという強さがいまひとつない**。そのあたりが『こころ』を傑作と呼びにくい理由、よく読むといびつだということの内実なんだな。

ただ、「中」の終わりの方、先生から「私」に遺書が送られてくるあたりの緊張感、サスペンス性の高い展開は、エンターテインメント作家としての漱石の面目躍如という感じがするな。

「私」が実家にいて、父親がもうすぐ亡くなるかもというタイミングで、先生から手紙が届く。

この手紙がものすごく長い[*2]んだよ。**実験文芸学的には是非同じ手紙を書いてみてほしいと思わせる手紙**だ。だって、四つ折りになった原稿のような体裁の手紙らしいんだけど、「下」の内容を実際に原稿用紙に書き写したら、絶対に四つ折りにできないんじゃないかな。手紙をもらった「私」は、「袂《たもと》の中へ先生の手紙を投げ込んだ」というんだけど、**こんな大量の手紙を袂に入れたら、パンパンになっちゃって大変だよ！**

とにかく、そのとんでもなく長い手紙が「私」の元に届くんだけど、父親の具合がかなり悪くて、全然落ち着いて読めないんだよね。それで読めないなりにパラパラと紙をめくってみたりする。すると「この手紙があなたの手に落ちる頃には、私はもうこの世にはいないでしょう」というところを読んでしまう。

これは遺書じゃないか！　大変だ！　ということで、はやく続きを読みたいと思うんだけど、父親が危篤で状況的にはそれどころじゃない。でも先生の安否も心配。それで結局「私」は置き手紙を残して東京行きの汽車に飛び乗ってしまうんだ。そして乗車後にようやく手紙を読む。

この辺のサスペンスの作り方は本当にかっこいい。エンターテインメント小説としてかなり水準が高いよ。もう、**このへんだけ読んでくれればそれでいいよ**と思えるくらいにかっこいい。

「こころ」の意味

そして「下」の遺書だけど、ここはやっぱり力がこもっている。ここの読みどころはなんといっても**「他者とコミュニケーションが取れないことの苦しみと悲しみ」**、これに尽きる。ほかの作品にもコミュニケーション不全を抱えた人物というのはたく

＊2　**手紙がものすごく長い**　『こころ』全体の約半分を占める。

さん出てきているわけだけど、『こころ』の先生が一番重症だ。

先生は全然他人を信用することができない人なんだよね。自分に向けられた愛情にさえ疑いを持ってしまうほど、深刻な人間不信を抱えている。

たとえば、先生の下宿先にいる奥さんとお嬢さんは、ふたりとも先生のことが気に入っていて、先生とお嬢さんが結ばれることについて奥さんは何の問題もないと思っている。そして先生もお嬢さんのことが好き。

「よかったじゃん！」としか言いようがない状況なのに、先生はふと「騙《だま》されてるんじゃないか？」と疑ってしまう。お嬢さんや奥さんが自分を陥《おとし》れようとしているのではないか、財産狙いなのではないか、そんなことばかり考えて、身動きが取れなくなってしまう。

先生からすればそれは「**他人の心は見えない**」からなんだよね。でもさ、他人が何を考えているか分からないということは、べつに先生だけじゃなくて、誰だってそうだ。**他人が思っていること全てを見通せるわけがない**。

僕らはみんな他人と関係を持ちたいという願いを抱《いだ》いて生きているわけなんだけど、でもそうするには、他人は何を考えてるか分からないという状況のなかで、いわば暗闇のなかで手さぐりするようにしてやっていくしかない。

とくに恋というのは、相手の心が見えなくて辛い思いをすることが多い。君だって経験があると思うけど、誰かを好きになったときに、相手の気持ちってまるで見えないじゃないですか。それはすごく苦しいことだけど、それが恋をすることでもあるわけで。

お嬢さんのことを好きになった先生は、まさにそういう状況にある。傍《はた》から見れば、何の問題もない恋なのに、先生にとってはまさしく相手の「こころ」が読めないという状況。つまり**『こころ』というタイトルは「こころが読めない」という意味**なんだよ。こころが読めないことが原因で、どんどん自滅していく人の話なんだ。

崖を飛び越えられなかった先生

先生の抱えている問題は、実存[*3]という言葉で説明できるかもしれないね。ちょっと難しいことを言うようだけど、**人間の実存というのは、何を考えているか分からない他人とそれでも一緒に生きていかなければならないということ。**そう言っちゃっていいと思う。他人と関係しないでは、人間は生きていけないけど、他人のことを完璧に理解し信用するのもまた難しい。そういう実存の問題を真正面からはっきりと描いて

＊3　実存　哲学用語。事物一般が現実に存在することそれ自体を指し、「本質」と対になる概念。

みせた小説が『こころ』だ。

君たちのなかには、実存の問題に関して「自分の気持ちをただ素直に伝えればいいじゃないか」と思う人もいるかもしれないね。自分が何を考えているかをきちんと伝えれば、人間不信というものはなくなるんじゃないかと思う人もいるだろう。

でも、それはなかなかできない。というか、人間そうはいかないものなんだよ。素直に言ったつもりの言葉が相手を傷つけたり、好きな子に対してつい思ってもないひどいことを言ってしまったり、相手に好かれたいがために、本心とは違うことを言ってしまったりさ。それが人間にとっての実存の発露なんだ。人間にそういう矛盾したところがあるのは君も知っているだろう。

しかし人間は、他人と真に関係したいと思うとき、そういった実存の問題を飛び越えて、相手の心に飛び込んでいかなければならない。それは本当に勇気が要ることだ。**暗い崖みたいなところを、決死の覚悟で飛ぶ**。そんな感じだね。

でも、先生は、相手のこころが見えないと思うがあまり、その崖を飛ぶことができない。自分の気持ちに素直になって、お嬢さんに愛の告白ができないというのは、そういうことなんだよ。

先生はやがて友人のKを下宿に引っ張ってくるんだけど、これはどう読んでも、**先生がKに嫉妬するために自分で仕組んだ作戦**としか思えない。Kを同じ下宿に住まわせ、お嬢さんと接近させることで、自分のお嬢さんに対する気持ちを高めていこうとしているんだ。先生はそこまで意識してないかもしれないけど、客観的にはそうとしか見えない。

先生はお嬢さんと買い物に行ったりすると、やっぱりお嬢さんは自分に気があるのかなと思ったりするけど、その一方で、お嬢さんとKが一緒にいるのを見ると、やっぱり自分よりもKの方が好きなんじゃないかとも思っちゃう。

Kをわざわざ自分の生活空間に引き込んでおいて、お嬢さんが自分よりKの方が好きだったらどうしよう、自分はもうダメだと思い悩む……という具合に、自分で自分を苦しめ、自縄自縛《じじょうじばく》におちいっていく先生の姿が、とても残酷に描かれている。

後半になればなるほど先生の様子はおかしくなっていくんだけど、これはもはやノイローゼというか錯乱に近い状態だよ。Kと海に行ったときなんか、海に向かって「ただ野蛮人の如《ごと》くに」わめいてるし、突然Kの襟首《えりくび》を摑んで「こうして海の中へ突き落したらどうする」とか訊いたりする。わけが分からないよね。**ちょっと落ち着けと言いたい**よ。

先生は極端だけど、でも、人間というのはそういうものかもしれないという普遍性もある。他人と関係するときに、**暗い崖を飛び越える勇気がなくて、おかしくなってしまうということは、誰にでも起こりうる**ことだということを、先生は僕らに教えてくれているんだ。

先生の自殺の謎

先生は結局、大好きだったお嬢さんを自分の奥さんにした。でもそれにはKの自殺という大きな代償があった。べつにナイフで刺したわけじゃないけど、自分の発した言葉によってKが死んだという負い目を背負って先生は生きている。

Kという人はもともと、人生に色恋なんて必要ないという主義主張の人物だったんだ。そのかたくなこころを解きほぐしてあげようという親切心もいくらか手伝って先生は彼を下宿に連れてきたわけだね。そしたら案の定、Kはお嬢さんを好きになってしまった。

そのときに先生が何をしたかというと、すぐさま奥さんにお嬢さんをお嫁さんに欲しいと告げ、それと同時にKを精神的に追い詰めていったんだ。

「精神的に向上心のないものは、馬鹿だ」という言葉を繰り返すことで、「その言葉がKの上にどう影響するかを見詰めていました」というのだからすごいよね。つまり、君みたいな人が色恋沙汰《ざた》にうつつを抜かすなんてどういうことだ、と激しく責めているわけ。その結果、Kは自殺してしまう。非常に恐ろしいことだよね。

先生はKを自殺に追いやったことについて、ずっと罪の意識をおぼえてきた。そして、結局は自分も「私」に遺書を書いて自殺してしまった。でもさ、**どうせ自殺するのであれば、なぜすぐにKのあとを追わなかったんだろう？**　なぜ結婚して長い間こころの通いあわない夫婦生活を続けた後に急に自殺したんだろう？　そのことをじっくり考えてみてほしい。

先生がKのことを正直に告白し、懺悔していたら、もしかしたら奥さんは許してくれたかもしれないよね。だって、奥さんは先生のことが好きなんだから。でも先生は決して本当のことは言わない。言えない。だから奥さんも、なんだかよく分からないまま暮らしている。夫に愛されていないわけじゃないんだけど、でも何かがおかしいという状態のまま、ずっと夫婦でいるわけだよね。そして、奥さんからしてみたら、思ってもみなかったタイミングで夫が自殺するわけです。考えてみるとひどい話だよね。

なぜこのタイミングで先生は自殺したのか？　理由のひとつは**乃《の》木《ぎ》将軍**[*4]**の殉死《じゅんし》**です。明治天皇に殉じて乃木将軍が自殺をしたという史実があるわけだけど、『こころ』のなかでは、乃木将軍の殉死が先生の自殺に大きく影を投げかけていると読める。乃木

＊4　**乃木将軍**　陸軍軍人・乃木希典《まれすけ》。日露戦争で旅順攻略を指揮。学習院院長も務めた。

将軍のことは、漱石のほかの作品にも出てくるし、先生が自殺を決意したことのひとつの理由にはなると思う。明治というひとつの時代が終わったことへの感慨、もちろんそれもあるだろうね。

そしてもうひとつは、大学生である**「私」の登場**。これは乃木将軍の殉死以上の、決定的な意味を持っています。逆に言えば、**「私」と出会わなければ、先生は遺書を書くことも自殺をすることもなかった**だろう。

これはよく言われることだけど、「私」は先生の死後、奥さんと結ばれるのだという説がある。とにかく奥さんが心配だから死ぬことができなかった先生が「私」と出会ったことで、「もう大丈夫、あいつがいるから」と思って自殺に踏み切った、という説。

これはたしかに説得力があるし、批評家にもこの説を推す人が多い。遺書に「妻のことを頼みます」とは書いてないけれど、これだけ長い遺書を託していることで、先生からのメッセージは伝わってくるよね。

なぜほかの人ではなく「私」なのかということにも、意味がある。というのは、**ふたりとも故郷喪失者**なんだね。先生は親戚といざこざがあったりして、実家がある土地からは切り離された人生を送っているし、「私」にしても、もうすぐ父親が亡くなるというときに、それを見捨てて汽車で東京に戻っちゃうなんていう、相当まずいことをしている。

先生はもともと故郷喪失者、そして「私」も結果的に故郷を捨てた人間になってしまったわけだ。「私」は故郷を捨て、先生と同じ故郷喪失者として東京に戻り、未亡人となった奥さんと会うことになる。ふたりが結ばれる可能性は大いにあるよね。

小説に正しい読み方はない！

まあ、これはひとつの説にすぎないから、君たちは君たちで、先生の死の謎について考えてくれればいい。

というより、この小説に限らず、**小説には正しい読み方とか間違った読み方は存在しないんだ**。このことは強く言っておきたい。つまり、正しいとか間違っているとかという軸では、小説は読めないんだ。

ただし、**面白い読み方とつまらない読み方、豊かな読み方と貧しい読み方という軸はある**。自分が思う面白い方、豊かな方、スリリングな方に向かって読み進めていくことが大切なんだ。

面白い読み方、豊かな読み方というのを一般化するのは難しいけど、強いて言えば**イメージを大きく広げてくれる読み方**ということになるだろう。この世には非常に狭い物語のなかに登場人物たちを閉じ込めてしまう読み方もある。たとえば『こころ』だったら、「倫理」というところにだけ注目して「人としての倫理の苦しみから先生は自殺した」という風に読むと、正しいのかもしれないけど、つまらない、と思うね。

それはやっぱり狭い読み方であって、ちょっともったいない。もっと広がりのある読み方があると思う。やや極端な例になるけど、たとえばこの物語を**ボーイズ・ラブ（ＢＬ）の物語として読んだって、間違いではない**よ。

これはべつにふざけて言っているわけではなくて、虚心坦懐《きょしんたんかい》に読むと、『こころ』は男色的なイメージが相当色濃《いろこ》いんだよ。

もともと江戸時代までは男色なんてそれほど珍しいことでもなかったし、男同士の主従関係が一種の性的な色彩を帯びることも、おかしなことではなかった。しかし日本が近代化するなかで、そうした価値観に亀裂が入った。でも『こころ』ではまだ男色的なものが微妙に残っているんだよね。とくに、精神的な部分で男同士が強く結びつくということが一種の美しさをもって描かれるあたりは、まさに現代のＢＬとつながるところがあると思う。

たとえば『こころ』の冒頭、「私」が先生を見つけるシーンなんかは、かなりＢＬっぽいよね。「私」は海水浴場で先生を見かけるんだけど、それは先生が西洋人の男とふたりで行動していてすごく目立っていたからなんだよね。でも、その後を読み進めれば分かるけど、先生には友がいないって書いてある。**じゃあ、この西洋人は一体誰？　どんな関係？**　みたいな気分にならなくもない。

それから、先生とKの関係で言うと、先生がKを自殺へと追い詰めてしまったのは、「お嬢さんと結婚したい」という気持ちだけじゃなくて「お嬢さんにKをとられてしまう」という恐怖心があったからではないかとも解釈できる。

僕自身はそこまで読み込む必要はないんじゃないかと思っているけど、でも、そこまで読み込んでみることは悪いことじゃない。少なくとも僕は多様な読み方に対して正しいとか間違っているという軸で判断したくないし、**正しさを求めることは、小説というものを狭く、苦しくするだけ**だと思うんだよね。

さてと。『こころ』の読み方や楽しみ方、分かってくれたかな？　誰もが知ってる小説こそ、チャレンジ精神を持って、新たな視点を見つけるつもりで読み解いてほしい。

チャレンジ精神と言えば、僕も文芸漫談に出るときは毎回小説をテーマにフルートを吹いているんだよ。実は「『こころ』のテーマ」も吹いたことあるんだよね！　僕の『こころ』解釈は、言葉だけによらないってこと。よかったら今度君にも聴かせてあげるよ！

第８章

『思い出す事など』

「物語」を脇に置こう

⊙一九一〇年（明治四三）、漱石は胃潰瘍治療のために入院後、修善寺温泉に療養に出かけたが、容体は悪くなり、大吐血、一時人事不省に陥った（「修善寺の大患《たいかん》」）。この頃のことを記した随筆。一九一〇〜一九一一年（明治四四）に発表。全三十三篇。

夏目漱石という人は小説家として有名だけど、実際は小説以外の文芸もいろいろやっている。エッセイや俳句、漢詩とかね。それら文芸の全てが詰まっているのが『思い出す事など』だ。そして、小説以外の文芸というのは、漱石のなかでけっこう重要な位置を占めていると考えた方がいいだろう。

教科書でも読書感想文でも漱石の小説ばかり取り上げられるけど、それは漱石の作品世界のほんの一部を見ているにすぎないんだ。最近では、漱石の漢詩に対する再評価が進みつつあるし、読むにはちょうどいいタイミングかもしれないよ。小説に比べると短くてわりと簡単に読めちゃう文芸作品を読むときに気をつけるべきこと、それはね……

OKUIZUMI EYE

あえて「物語」は読まない！

小説を読むときってどうしても「誰が出てきてどこへ行って何をした」みたいな物語を追ってしまいがちだよね。しかし『吾輩は猫である』の章でも話したけど、**小説を読むことの醍醐味は、物語ではなくて文章そのものを読むこと**にあるんだ。だから『思い出す事など』では**あえて物語は無視**して文章を集中的に読んでみてほしい。普段物語を読むことばかりしている人にとっては、ちょっと難しいかもしれないけど、まあせっかくだからチャレンジしてみてよ。

テーマと文章は関係ない

『思い出す事など』に書かれているのは、主に漱石の病気のことだ。胃潰瘍になった漱石が修善寺というところに療養に行く。しかしそこで大発作を起こしてしまって、血を吐き、一瞬死にかけるんだけど、なんとか生還して療養生活に入る。そういったことについて書いているエッセイだ。

そういう意味では、これはかなり大人向けの作品かもしれない。少なくとも物語に注目してしまうと、病気とか死とか、そういうもので埋め尽くされているわけだから、若い世代向きとは言えないよね。もちろん、興味がある人は重たい話を熱心に読んでくれてかまわないんだけどね。

でも、テーマがどれだけ大人向けであろうと、文章そのものに注目する場合は、そのことはあまり関係なくなる。**文章そのものの持つリズムとか質感を、とにかく感じ取る。**まずはそれをするのがいい。

小説は「物語」と「文章」で成り立つ

僕はこれまでに何回も小説は最初から最後まで読まなくてもいい、ということを言っているけど、それって要するに何が言いたいかというと「**小説を読むことは物語を読むこととイコールではない**」ということなんだよね。

小説と物語が全く同じものだと思っていた人は少し驚いたかもしれないけど、このふたつはあくまで違うものとして分けて考える必要がある。だって、物語を楽しむだけでいいんだったら、テレビドラマでも映画でもいいはずだよね。映像作品にだって「誰が出てきてどこへ行って何をした」ということは描かれているわけだからさ。

　小説というものの一番の特徴は何かといえば、**小説は文章でできている**ということ。つまり物語を無視して文章そのものを楽しむことができる。**物語の流れを理解していなくてもかまわない**ってこと。「この一文がすごい」とか「この言葉遣いは面白い」という風に読んでしまったっていいんだ。

　つまり、僕が全部読まなくてもいいと言ったり、漱石が美的なものを感じ取ってくれればそれでいいと言ったりするのは、小説が物語と文章とで成り立っていることをふまえた上で、文章を読む楽しみを追求してほしいからなんだよ。

　むしろ、**物語だけを読まれたんじゃ、作者としては面白くない**んだな。「物語というのは、作品の魅力の半分だよ。残りの半分は無視しちゃっていいの？」って感じだ。「物語はよく分かんなかったけど、面白い文章を発見しました！」と言ってもらえる方がひょっとしたら嬉しいかもしれない。それぐらい文章というのは大事だ。

　文章を読んでそれ自体が持つ魅力とか面白さに注目できるようになったとき、君は本当の意味で「小説を読めた」「小説を楽しめた」ということになるんだと思う。それは決して簡単なことじゃないけど、中学生くらいから少しずつできるようになっていくし、どんどん上達していくものだ。

漢詩と俳句の読み方

物語だけでなく**文章が読めるようになった人が幸せなのは、世の中のいろんな文章が面白く読める**ってことだね。もちろん小説は面白く読めるし、エッセイも漢詩も俳句も、そのほか諸々の文章も面白く読めちゃう。そこらへんにあるチラシの煽《あお》り文句だって面白く読める。原理的にはそういうこと。

『思い出す事など』は、ひとつひとつのエッセイに漢詩や俳句が添えられていて、昔の歌物語[*1]のような構成をとっているから、まさに物語以外を読む楽しみを知るにはぴったりの作品だ。ほどほどの長さのエッセイが続いた後に俳句、そしてまたエッセイが続いて漢詩、みたいな構成はちょっと変わったスタイル。でも、緩急があってするする読めちゃうし、好きなところだけ読むにもちょうどいい。

でもまあ、**漢詩ははっきり言って難しい**と思う。「風流人未死。病裡領清閑。日々山中事。朝々見碧山。」とかいきなり出てくるんだもの。これを理解した上で、その素晴らしさまで堪能できる人は、大人でも少ないだろうと思う。

だからもし君が漢詩を読んで面白いと思えたら、それは相当すごいことだよ。読書家として、かなりのレベルにあると言えそうだ。でも、面白くないと思った人もご心配なく。**五十歳くらいになったら面白いと思うかもしれないし、気長にいこう。**べつに書かれていることの全てをいますぐ理解しなくちゃいけないわけじゃないんだからさ。

それに、漢詩に比べたら、**俳句の方がもうちょっと取っつきやすい**だろうから、まずは漢詩は飛ばしてエッセイと俳句を拾い読みしていけばいいと思う。

たとえば「朝寒《あささむ》や生きたる骨を動かさず」という俳句を読めば、朝目覚めたときに具合が悪すぎて身動きひとつ取れない漱石のイメージが浮かんでくるだろう？　実際、エッセイ部分には「少しでも身体を動かそうとすると、関節《ふしぶし》がみしみしと鳴った」と書いてあって、漱石の具合が相当悪かったことが分かる。でも「そんなに具合が悪くてもこんな俳句が書けちゃうのか！」という驚きとともに読むこともできるから面白いよね。

俳句については、その言葉自体から喚起されるイメージの世界に遊べばいい。エッセイ部分に書かれていることも、俳句の解釈を助けてくれるし、イメージを広げるのにそんなに苦労は要らないと思うよ。

＊1　**歌物語**　ある和歌を中心に、それに関する物語を展開する作品。『伊勢物語』『平中物語』などが有名。

エッセイにこそ文章力が出る？

『思い出す事など』に限ったことじゃないけど、物語の力に頼らずに、文章そのものの魅力が試されてしまうという意味で、**エッセイというのは高度な技術を要するジャンル**だと言える。ということは、書く方にとってもエッセイって大変なんだよ！

だから僕は、**エッセイの仕事はだいたい断っちゃう**んだよね……。「短くていいので書いてください！」とか言われて、どうしても義理があるときは引き受けたりもするんだけど、面白いものを書けたぞ！　という自信がある……わけではない。面白いエッセイを書くとなったら、もうめちゃくちゃに気合いを入れて書かないと上手くいかない。僕の場合はね。

小説を書くことについては自分なりの方法論がある。アイデアや企みをもって、文体をさまざま考えたり、文献を読んである程度下調べをしたりしてから原稿を書いていくといったマイルールが僕にはある。でも、エッセイについては、そういうはっきりしたルールがない。だから、なんとなくで書いてしまうことが多いし、自信も出てこないってわけ。

でもこれは、小説家によって考え方の分かれるところなんだよね。僕とは違って、小説もエッセイも全く同じ気持ち、同じルールで書いている小説家もいるんだ。「小説だから」とか「エッセイだから」とかいうことを、特別意識しなくても書けちゃう小説家もいるってこと。そういう人は、小説もエッセイも同じ質感を持っていて、どっちも面白いことが多い。

そう考えると、エッセイにはその作家の持っている素の文章力みたいなものが出ちゃうのかもしれないな。**書く人が持っている文章力が出るのは、小説よりエッセイ**かもしれない、そう僕は思います。

だから、もし君に好きな作家がいるなら、小説だけじゃなくて、エッセイにまで手を出してみるといい。小説はとても面白いのにエッセイを読んだらちょっとガッカリ、なんてこともありえるわけだけど、**作家という人種があらゆる文章を上手く書けるわけじゃない**と分かって、かえって親近感を覚えるかもしれない。

そして、もし君がエッセイ好きになったら、読書家として一人前と言っていいだろう。**本当の読書好きは、やがてエッセイ好きとなる。**こう言えるかもしれないね。

ユルい漱石

『思い出す事など』にも、漱石の本質的な文章力がよく出ているよ。「**文章がいい**」

としか言いようがないエッセイが次から次へと出てくるんだ。

漱石の読書メモなんか最高だよ。少し体調がよくなって読書欲が出てきた漱石が、知人から『列仙伝』という本を送ってもらうんだけど、それはいろんな仙人のエピソードが紹介されてる本で、仙人のイラストも付いてる。

イラストを見ているときの漱石が「こういう頭の平らな男でなければ仙人になる資格がないのだろう」とか「こういう疎《まばら》な髯《ひげ》を風に吹かせなければ仙人の群に入《い》る事は覚束《おぼつか》ないのだろう」とか書いてるのが、なんかおかしい。

そもそも、この本が「古いというよりむしろ汚ない」本だと書いてあるのも、珍本の感じがしていいよね。文章を読んでるだけで、いかにも**ヤバい本なんだろうな**というイメージが広がってきて、非常に良い！

漱石は、普段だったらこんな本絶対読まない、みたいな文句を言いながらも『列仙伝』を読んでいく。すると「一番無雑作でかつ可笑《おか》しいと思った」という仙人は「手の垢《あか》や鼻糞《はなくそ》を丸めて丸薬を作って、それを人に遣《や》る道楽のある仙人」だったっていうんだ。

しかも、そこまでインパクトが強い仙人なのに「今ではその名を忘れてしまった」とか書いてて「そこは覚えててくれよ！」と思わずつっこみたくなる。この辺の書き方は妙にユルくて笑いを誘うよね。

病床の漱石はけっこうくだらない本を適当に読んでるし、どうでもいいと思った部分は忘れちゃってるんだけど、まさに**「物語を無視する読書」のお手本を示してくれているる**ようだと思わないかい？　こういう読み方もアリなんだということを、ほかならぬ漱石が教えてくれているという意味でも『思い出す事など』はいい作品だと思うな。

エッセイの漱石が好きになった人は『硝子戸《ガラスど》の中《うち》』も読むといいよ。身辺に起きたいろいろな事柄や、過去の思い出などが気張らない感じで書かれている。「ある人が私の家《うち》の猫を見て、「これは何代目の猫ですか」と訊いた時、私は何気なく「二代目です」と答えたが、あとで考えると、二代目はもう通り越して、その実三代目になっていた」なんていう間の抜けた話が出てきたり、かと思えば『こころ』なんかに通じるような、孤独の話なんかもしていて、漱石をもっといろいろな側面から見てみたいと思っている人にはおすすめです。

ドキドキしない素晴らしさ

エッセイのいいところはさ、やっぱり物語の力が少ない分、**ハラハラドキドキしないですむ**ってことだよね。

小説には直接人の感情を揺さぶってくるようなところがある。もちろん、それが小説の良さではあるんだけど、でも常にハラハラドキドキするのは疲れるよね。

それに人ってさ、いつでも元気なわけじゃないじゃない？　元気がないときって、スリルとサスペンスで心を揺さぶってくる物語はちょっとキツいんだよね。この先に何かエグいことが書いてあるんじゃないか、と思ったらだんだん読むのが嫌になったりすることってあるもん。

僕なんて、この間たまたま『ドラえもん』でのび太がドラえもんと喧嘩するシーンを観たけど、なんか**ドキドキしちゃってダメ**だった。たいした喧嘩じゃないと分かっているのにさ。そういうテンションの日ってあるよね。

とくに人間関係のなかで人が傷ついていく展開というのは、自分の精神状態によっては、辛くて受け付けないときがある。すれ違いばかりだったり、傷つき傷つけられたあげく、さらに関係が悪化したり……そういう物語が苦手だという人は当然いるだろうと思う。そういう人は絶対にエッセイがいいよ。あまり感情を揺さぶられない文芸だから。

漢詩なんて、あらゆる文芸のなかで、もっともハラハラドキドキしないジャンルだよ。世の中に絶対ってことはないけど、**漢詩にドキドキはないし、読んでも全く心拍数が変わらない**よ。俳句もそう。読者の感情を直接的に揺さぶってくるタイプの文芸じゃないんだ。「続きが気になって眠れない！」なんてことはまず起こらない。

平常心で読めちゃう文芸というのは、なにか程度が低いように思われそうだけど、決してそんなことはない。むしろ高度だと言っていい。『草枕』の章で言ったように、言葉そのものを楽しむという読書法は、君たちの感受性の枠組みを必ずや広げてくれるものだ。**言葉そのものを楽しめるようになるには、心の余裕みたいなものがないといけなくて、実は物語を読むよりも難しい。**

絵画だって音楽だって、好みのジャンルを見つけて、それを楽しめるようになるまではそれなりの訓練が必要だ。それと一緒で、文章そのものと向き合い、楽しく読むのにもそれなりに時間はかかる。ただし、拾い読みからはじめればいいからハードルは高くないし、一回コツを摑めばかなり長いこと、というか、**一生楽しめる。**

さあ、僕の話はこのへんにして、君たちには実際にエッセイや俳句と戯《たわむ》れてもらわなくちゃ。論より証拠、習うより慣れろ、ってやつです。さあ、行った行った。……え？　なんか今日はやけに早く終わりたそうじゃないかって？　うーん、まあ、なんていうかその、今日は大好きなミュージシャンのライブがあるんだよね！　今日の僕は漢詩や俳句とは正反対のハラハラドキドキモードなのだ。じゃ、さよならーっ！

column 2

漱石と動物

——漱石は犬派だった⁉

『吾輩は猫である』のイメージがあまりにも強いため「猫派」であると思われがちな漱石だが、実のところ猫にはあまり興味がなかったようだ。

エッセイ集『硝子戸の中』には、漱石の犬と猫に対する態度の違いがはっきりと表れている。

自宅で猫は飼っていたものの、小説と同じで名前はなく、知人から「これは何代目の猫ですか」と聞かれても、それすら正しく答えられなかった漱石。「私はこの黒猫を可愛《かあい》がっても憎がってもいない」「どんな心持でいるのか私にはまるで解らない」……小説のなかではあれほど魅力的に描かれる猫も、普段の漱石からすれば、疎ましくもないが、それほど可愛い存在でもなかった様子。しかし、何を考えているかよく分からないからこそ、逆に想像力をかき立てられ、猫の小説が書けたのかもしれない。

私生活での漱石はむしろ犬派だった。知人からもらい受けた子犬に自ら「ヘクトー」と名付け、とても可愛がっている。この名前はホメロスによる長編叙事詩『イーリアス』に出てくる勇将「ヘクトール」のこと。勇猛果敢な武将の名である。「私はこの偉大な名を、風呂敷包《づつみ》にして持って来た小さい犬に与えたのである」という一文からも、ヘクトーに対する漱石の愛着がうかがい知れる。

病気のせいでひと月ほどヘクトーに会えなかった漱石が家に戻ってきた際、名前を呼んでも以前のようにはふり向いてもらえなかったというエピソードや、ヘクトーが亡くなった際に「秋風の聞えぬ土に埋めてやりぬ」という句を詠んだというエピソードなど、犬について書くときの漱石はどこか生き生きとしている。

猫が小説家としての漱石にインスピレーションを与えたとすれば、何者でもない、ひとりの人間としての漱石を癒したり楽しませたりしていたのが犬だったのかもしれない。

ヘクトーは人懐っこく、愛嬌のある犬だったようだ。「私は彼の泥足のために、衣服や外套《がいとう》を汚した事が何度あるか分らない」。足元にじゃれつくヘクトーに困りつつも、内心喜んでいる漱石の姿が目に浮かぶようだ。これもまた、文豪の知られざる顔のひとつだと言えるだろう。

第9章

『それから』

イメージと戯れよう

◉一九〇九年（明治四二）に発表された長編小説。働かずに暮らしている上流階級の主人公・代助が友人の妻・三千代を奪い取ることを決意することから転落がはじまる……。『三四郎』『門』と合わせて三部作をなす。

小説にとって書き出しはとても大事だ。「冒頭に何が書かれているかでその作品の価値が決まる」と言われることもあるぐらいにね。『それから』の書き出しはこんな感じ。「誰か慌ただしく門前を馳《か》けて行く足音がした時、代助の頭の中には、大きな俎下駄《まないたげた》が空《くう》から、ぶら下っていた。けれども、その俎下駄は、足音の遠退《とおの》くに従って、すうと頭から抜け出して消えてしまった。そうして眼が覚めた」……さあ、いきなりだが、ここで君たちに問題だ。代助の見た夢のなかに登場する俎下駄が意味するものは何か？　これを考えてみてほしい。この俎下駄というのは、何かの比喩なんだ。この謎を解くためにまず君たちがすべきことを教えよう……

OKUIZUMI EYE

あらゆる角度からイメージしまくれ！

とにかく具体的にイメージしないことには何もはじまらない。俎下駄の形状をイメージせよ。俎下駄っていうのは、男物のまな板みたいに大きな下駄のことなんだけど、それがどういう動きをしているのかイメージせよ。まずはそう言いたいね。

そしてそのイメージを頭の隅に置きながら小説を読んで、似たようなイメージを持つ事物がないか探してみよう。謎を解くきっかけが摑めると思うよ。

なぜ僕がこんな問題を出すのか？　それは『それから』が**イメージする力があればあるほど面白く読める作品**だからなんだ。とにかくあらゆる角度からイメージすることが大事だ。筋に気をとられてイメージすることをおろそかにすれば『それから』は面白く読めないとさえ言えるだろう。

イメージ1　上流階級

　どんな想像も妄想も大歓迎だけど、この作品を読み進めるにあたって、**まず君たちがイメージしなければいけないのは、主人公たちが生きているのが階級社会だということ**だ。

　主人公の代助は上流階級に属する、いわゆる高等遊民[*1]なんだよ。いまの若い人は高等遊民なんて知らないかもしれないけど、ていうか、僕もよく知らないけど、要は大学を出たのに働かないで親の金でぶらぶらしている若者のことだ。といっても引きこもりとか、そういうことじゃない。

　当時は大学の数も少ないし、大学に進学する人の数も少ないから、大学生はかなりのエリート。なかでも帝大生はスーパーエリートだ。ちなみに漱石も帝大の卒業生なんだけど、彼の場合は帝大の教員も経験した人だから、まさしくエリート中のエリートだ。

　そんな事情もあって、漱石の小説に出てくるのは上流階級の人ばかり。一昔前までは日本は一億総中流と言われていて、しかし近頃はまた階級社会っぽくなりつつあるわけだけど、とにかく現代の僕たちとは違う世界の話だということをうっかり忘れないようにしよう。

帝大を出て高等遊民になった代助は、まさに上流社会の住人だ。彼は父親が会社をやっていて金持ちなんだよね。兄も父親の会社で働いていて、お金には全く困っていない。弟である代助だけが、親の会社に入るでもなく、ほかの仕事を探すでもなく、実家からもらう金で勝手気ままな生活をしている。

裕福な家の子である代助は一生働かなくてもいいし、帝大レベルの優秀な頭脳を自分の思索のためだけに使えるときている。ほんと、**腹が立つくらいうらやましい**よね。

しかしながら、昔からよく知る平岡という友人の妻・三千代との不倫略奪愛に走ってしまって人生が一変、上流階級から転落してしまうんだ。

当時、上流・中流・下流の区別は、現代よりもかなりはっきりしていた。ごく簡単に言って、上流の人には上流の人生が、中流・下流の人にはそれなりの人生が用意されていたと言っていいだろうね。だから、階級移動は簡単じゃないし、**一度下流に転落してしまえば、上昇するのは至難の業《わざ》**。

それに当時は不倫に対する世間の目が非常に厳しかったんだ。とくに、結婚している女性が不倫した場合は、相手の男性とともに姦通罪《かんつうざい》*2という罪に問われて罰せられた

＊1　**高等遊民**　高等教育を受けながら、定職につかず自由に暮らしている人。明治末期から昭和初期に存在。

んだよ。すでに平岡と結婚していた三千代を略奪した代助の不倫は、まさにこのパターンだね。そして、こういった**不倫に手を染めれば、上流階級からの転落は避けられなかったんだ。**

イメージ2　俎下駄と赤・赤・赤

高等遊民だった代助が、三千代との不倫で身を滅ぼす。三千代との関係が発覚した後の代助は、彼女と生きていくために職探しをしなくちゃいけなくて、あちこち駆け回っている。親に見放され、高等遊民じゃいられなくなったからね。

この事実関係を踏まえつつ、ラストシーンを読んでイメージを膨らませてみよう。ラストでの代助は、**異様なほど赤い色のものに囲まれている。**「忽《たちま》ち赤い郵便筒《づつ》が眼に付いた。するとその赤い色が忽ち代助の頭の中に飛び込んで、くるくると回転し始めた」からはじまる文章には、「赤い蝙蝠傘《こうもりがさ》」「真赤な風船玉」「小包郵便を載せた赤い車」が続けざまに出てくる。**どうしちゃったの？　っていうくらい、全部赤い。**

これで終わりかと思いきや、赤い色の描写はまだ続く。「烟草屋《タバコや》の暖簾《のれん》が赤かった。売出しの旗も赤かった。電柱が赤かった。赤ペンキの看板がそれから、それへと続いた。しまいには世の中が真赤になった。そうして、代助の頭を中心としてくるりくるりと焰《ほのお》の息を吹いて回転した。代助は自分の頭が焼け尽きるまで電車に乗って行こうと決心した」……物語はこうして終わる。つまり**最後は代助を取り巻く世界そのものが真っ赤になる**んだね。

こういう風に『それから』が終わっていることを確認したところで、もう一度僕の出題を思い起こしてほしい。冒頭に登場する俎下駄が意味するものは何か？　というものだったね。書き出し俎下駄、ラストは真っ赤。さあ、君はこのつながりから何をイメージする？

結論から言ってしまうと、これはどう考えても**ギロチン**のことだ。冒頭の俎下駄が空からぶら下がっているというのは、ギロチンの刃のこと。そして、全てが真っ赤になってしまうラストシーンは、ギロチンで首を切られた人が最期に見る風景と読める。そう言われてみると、たしかにそう思えてくるだろう？

もちろん代助は本当に首を切られて死んでしまったわけじゃない。でも比喩としては、**のんきな高等遊民としての代助は死んでしまう**。人妻との略奪愛によって上流階級から転落するというのは、社会的に死ぬことと同じ、とまでは言わないにしても、とにかく大変なわけだ。

＊2　**姦通罪**　夫を持つ女性が夫以外の男性と性的関係を持ったとき、女性と相手の男性は犯罪者として処罰された。一九四七年（昭和二二）廃止。

さらに言っておくと、俎下駄のすぐ後に出てくる椿のエピソードも、ギロチンによって転げ落ちた人間の頭部をイメージさせるものだ。俎下駄の夢から覚めた代助が枕元を見ると、「八重の椿が一輪畳の上に落ちている」のを発見する。寝ている間に椿の花が落ちたんだね。

代助は「赤ん坊の頭ほどもある」椿が畳の上に落ちたときの音を聞いている。その音が代助には「護謨《ゴム》毬《まり》を天井裏から投げ付けたほどに響いた」と言うんだよね。これは要するに、人間の頭がゴロンと落ちるイメージだよ。

そのことを裏付けるかのように、このときの代助は自分の死について考えている。椿の落ちる音を聞いたのを思い出しつつ「念のため、右の手を心臓の上に載せて」心音を確かめたり、その心音が時計の針と似た響きを持っていると思いながら「自分を死に誘《いざな》う警鐘のようなものであると考えた」りしている。自分がすでに死んでいるのではないか、あるいはもうすぐ死ぬのではないか。そんな不安を感じているんだね。

俎下駄はギロチン、椿は人の頭。一見すると死とは無関係に思えるものが、ギロチンによる死というイメージとつながるように構成されているとしたら、相当すごいことだと思わないかい? **漱石は死のイメージというものを綿密に作り込んだ上で、繰り返し繰り返し登場させている。**かなり凝《こ》った書き方だと言えるよね。

だから僕は『それから』が好きなんだ。やや苦みのあるロマンティックな不倫物語を読む楽しみ方もできれば、イメージの連なりを読んで美的な感覚を味わう楽しみもある。しかも、そのバランスが非常にいい。

イメージをつなぎあわせながら読み進めることは、あらゆる読書行為のなかでも最高にクリエイティブな部類に入るものだし、それがうまくいったときの快感は何物にも代えがたい。『それから』では、是非その快感を君たちに味わってもらいたいな。

イメージ3　蟻

『それから』はけっこう長い話だけど、**とくに読むべき章を挙げるとしたら、十章**だと思う。ここは漱石の企みが炸裂する非常に面白い章だ。この章を境に代助の気持ちが三千代に傾きはじめて、急に物語のトーンが変わるんだよね。それまではほとんど恋の気配というのはないんだけど、**十章を境に代助の気持ちが大きく動きはじめるん**だ。

十章の冒頭には、昼寝をする代助が出てくる。「蟻の座敷へ上がる時候になった。代助は大きな鉢へ水を張って、その中に真白《まつしろ》な鈴蘭を茎ごと漬けた。簇《むら》がる細かい花が、濃い模様の縁《ふち》を隠した。鉢を動かすと、花が零《こぼ》れる。代助はそれを大きな字引の上に載せた。そうして、その傍に枕を置いて仰向けに倒れた。黒い頭が丁度鉢の陰になって、花から出る香《におい》が、好《い》い具合に鼻に通《かよ》った。代助はその香を嗅ぎながら仮寐《うたたね》をした」。

　代助は鉢に活けた鈴蘭を顔の近くにおいて昼寝をしている。代助はもともと鈴蘭の匂いが好きなんだ。「極めて淡い、甘味《あまみ》の軽い、花の香《か》」が、神経を休めてくれるというので、一種の鎮静剤みたいに思っているんだね。だから匂いを嗅ぎながら昼寝できるように工夫しているわけだ。

　だが、**昼寝から目覚めた代助は、蟻にたかられている**。なんだか妙な目覚めだよね。たしかに「蟻の座敷へ上がる時候」とは書いてあるけど、一時間寝たぐらいでいきなり蟻にたかられちゃう。

「一時間の後《のち》、代助は大きな黒い眼を開《あ》いた。その眼は、しばらくの間一つ所に留まって全く動かなかった。手も足も寐《ね》ていた時の姿勢を少しも崩さずに、まるで死人のそれのようであった。その時一匹の黒い蟻が、ネル[*3]の襟《えり》を伝わって、代助の咽喉《のど》に落ちた」……さあ、君たちならこの昼寝のシーンをどう考える？

　ここは「**代助は死んでいる**」とイメージするのがいいだろう。死体だから蟻がたかっているんだよ。でも、昼寝しただけで死んだことになるのはなぜかという疑問が残るよね。寝ている間の代助に、一体何が起こったのだろう？

　もう答えを言っちゃうけど、なんと、**昼寝をしている間に三千代が来てたんだよ！**

代助があまりにもよく寝てたから起こさずに帰ったんだけど、その後しばらくしてもう一度やってくるんだ。

三千代は息を切らしていて、代助は水を出してやろうとするんだけど、女中さんがいなかったりして、うまくいかない。代助は仕方なく手ぶらで三千代のいる部屋に戻るんだけど、なぜか三千代が水の入ったコップを持っている。**出した覚えのない水を、三千代が飲んでいる**。それで代助が「どうしたんです」と訊くと、三千代は鈴蘭の活けてあった例の鉢の水を汲《く》んで飲んだっていうんだ。ちょっと考えられないよね。たとえば君の家に遊びに来た人が、花瓶の水を勝手に汲んで飲んだらどう思う？　**ちょっとヤバいな**って思うよね。

「何故《なぜ》あんなものを飲んだんですか」と代助が問うのも当然だよ。すると三千代は「だって毒じゃないでしょう」とか答えてる。でも代助はそれじゃ納得できなくて「毒でないったって、もし二日も三日も経った水だったらどうするんです」と問いかける。そりゃそうだよね。代助からすれば、意味が分からないよね。

それに対する三千代の答え、かなりすごいよ。「いえ、先刻来た時、あの傍まで顔を持って行って嗅いで見たの」……さあ、イメージしてみてくれ。代助は鈴蘭の匂い

＊3　ネル　柔らかな織物「フランネル」の略。『坊っちゃん』の赤シャツのシャツは、このネル製。

を嗅ぎながら寝たくて、顔の近くに鉢を近づけていたんだったね。そして寝ている間に三千代がやってきた。このときの彼女は、遠くから代助を見て「ああ、寝てるわね」とか言って帰ったんじゃない。**わざわざ、部屋のなかまで入ってきて、鈴蘭の鉢に顔を近づけているん**だよ。

水が濁っていないかどうか分かるぐらい近くまで顔を寄せているということはつまり、寝ている代助の顔を間近に見ていたということだ。顔と顔が大接近。**ちょっと近づきすぎ**だよね。たまたま代助が目を開ける可能性だってなくはないんだし、人妻としては大胆すぎるよ。

そんなことがあったとも知らず、代助が昼寝から起きると蟻にたかられていたわけだ。これは相当に怪しい。やはり**三千代が寝ている代助を殺したと考えるよりほかない**。顔を近づける様子なんかは、まるで吸血鬼みたいだしね。

もちろん本当に代助が死んだわけじゃないけど、比喩的にはそう捉えられる。代助と三千代の行動ひとつひとつが思いもよらぬイメージを連れてきてくれる十章は、やっぱり読み応えがあるし面白いよ。

イメージ4　三千代

それにしても、この**三千代という女はただ者じゃない**。ふつうに考えられる典型的ヒロインのイメージが全くない。彼女の周りは死のイメージでいっぱいだ。**三千代に注目して読むと『それから』がまるでホラーのように思えてくる**。

ここで代助がはじめて三千代に会うシーンを見てみようか。彼がはじめて三千代に会ったのは、彼女の家だ。代助は学生時代から三千代の兄である菅沼と仲が良くて、しょっちゅう菅沼家に遊びに行っていた。そこで三千代に会ったわけだね。もちろんこの頃はまだ異性として意識するとか、そういう段階ではないよ。単なる「友だちの妹」という感覚だ。

なのに**三千代を取り巻くイメージは、すでに尋常じゃない**。ためしに三千代が住んでいた家の描写を見てほしい。

「菅沼の家は谷中《やなか》の清水町で、庭のない代りに、縁側へ出ると、上野の森の古い杉が高く見えた。それがまた、錆《さび》た鉄のように、頗《すこぶ》る異《あや》しい色をしていた。その一本は殆《ほとん》ど枯れ掛かって、上の方には丸裸の骨ばかり残った所に、夕方になると烏が沢山集まって鳴いていた」……どうだい？　なんか変な感じがしないかい？

「谷中の清水町に三千代が兄と暮らす家がある」ということを作家が書こうと思ったら、いろいろな書き方があるわけだけど、「家の前に桜の木があって、春になると花が咲いた」と書いてもべつにいいよね。「竹林がひろがって、春にはおいしい筍がとれた」でもいい。

ところが漱石はわざわざ「その一本は殆ど枯れ掛かって、上の方には丸裸の骨ばかり残った所に、夕方になると烏が沢山集まって鳴いていた」と書いているんだ。**枯れてるとか、骨とか、烏とか、キーワードがいちいち怖い！** 濃厚な死の匂いがする。これは明らかに**墓場のイメージ**だよ。

漱石はわざわざ三千代を、墓場のイメージにつながる杉の見える家に暮らす女として描くことで、死のイメージと結びつけている。寝ている代助の顔に自分の顔を近づけて彼を「殺す」くらいは、**墓場からやってきた女なら軽くやれます**って感じだよね。

三千代の怪しさがよく分かるシーンをもうひとつ紹介しよう。あるとき、三千代が代助を訪ねてくるんだけど、彼女がやってくる直前まで代助が何をしていたかというと、アンドレーエフ[*4]の『七刑人[*5]』という小説を読んでいるんだ。代助の読んでいた箇所は、人びとが処刑台で次々に死んでいくところ。まさしく死のイメージでいっぱいのシーンだ。

「Sも死んでしまった。Wも死んでしまった。Mも死んでしまった。只一《たつた》人になってしまった」……つまり順番に人が死んでいってるんだね。やがて「長くなった頸《くび》、飛び出した眼、唇の上に咲いた、怖ろしい花のような血の泡に濡れた舌」を持ついくつもの死骸を車に積んで処刑人たちが去っていく。

なんでこんな暗い小説を読まなきゃいけないの？　っていうくらい、とてつもなく暗い小説を代助は読んでるんだよね。もっと明るい小説を読んでいるところに三千代が現れたっていいはずなのに、わざわざ『七刑人』を読んでいるということにしてある。

しかも、代助は『七刑人』の最後のシーンを「頭の中で繰り返して見て、竦《ぞっ》と肩を縮《すく》めた」と言うんだ。つまり代助自身が頭のなかに死のイメージを広げてみているわけだね。そこからさらに自分の父親が幕末維新の頃に人を斬り殺した話や、伯父が京都の宿屋で殺された話を思い出したりもしている。これもまた死のイメージだ。

こうした一連の描写の直後に三千代が登場する。である以上、彼女はどうやったって明るく健全な女ではいられないよね。**死のイメージを背負って現れる危ない女**としか思えない。

三千代と死のイメージはもはや完全にセット。漱石も明らかにそれを意識していると言っていい。怖いけど、面白いよね。

＊4　アンドレーエフ　レオニード・ニコラーエヴィチ・アンドレーエフ。ロシアの小説家、劇作家。ペシミスティック、神秘的な作風で知られる。

＊5　『七刑人』　一九〇八年発表。『七死刑囚物語』とも。死刑の恐ろしさと不公平さを表現しようと書かれた作品。

イメージ5　百合

『それから』において、**死のイメージは植物のイメージと強く結びついている**。椿や鈴蘭が出てきたし、三千代の実家から見える上野の森の古い杉もそうだったね。

なかでも百合の使われ方は効果的だ。さっき十章のところで、昼寝をしていた代助のところに三千代が訪ねてきたという話をしたけど、このときに三千代が手土産として持って来たのが百合なんだ。

『それから』における**百合は三千代のこと**を意味していると言ってしまっていいと思うんだけど、代助は最初は百合を嫌っているんだ。だから、三千代が百合の花束を買ってきても「代助はこの重苦しい刺激を鼻の先に置くに堪《た》えなかった」と書かれるんだね。三千代に「好《い》い香《におい》でしょう」なんて言われても「そう傍で嗅いじゃいけない」とか言って、全然喜ぶ様子がない。

でも三千代は嫌がらせのつもりで百合を買ってきたんじゃないんだよ。その昔、代助が自分で百合を買ってその匂いを嗅いでいたことがあったのを彼女は覚えていたんだ。だから百合を買ってきたってわけ。でも、代助がひとつも喜ばないから変に思って「あなた、何時《いつ》からこの花が御嫌《おきらい》になったの」と訊く。

この問いに対して代助は苦笑することしかできない。本当にそんなことがあったのか、よく覚えてないんだね。というか、この部分を深読みすれば、三千代によって「昔は百合が好きだった」って記憶を植え付けられたようにも読める。もともと嫌いだったのに、三千代の魔力で百合好き人間にさせられちゃったみたいな。

この会話の後に代助は三千代にもらった百合を鈴蘭が入っていた鉢に入れちゃうんだけど、香りの強い百合は、当然のことながら淡く軽く甘い匂いの鈴蘭に勝ってしまう。これは**百合が鈴蘭を蹂躙**《じゅうりん》していると読むことができる。鈴蘭とお昼寝していたお坊っちゃま代助の平和な人生が大きく変わっていく、なんとも重苦しい予感というものをこの百合が表現してるというわけ。

代助ははじめ百合をやけに毛嫌いして近づいてはいけないと思っている。**代助の百合に対する警戒心は、三千代に対する警戒心**だと言っていい。つまり、百合＝三千代を遠ざけようとする代助の意識が働いているんだ。

本当は三千代のことが気になっているけど、彼女は友人の妻だから近づきすぎてはいけない。だから百合の匂いも近くで嗅ごうとしない。しかし、強い匂いを放ち美しく咲き誇る百合は、代助にとって無視できないものでもある。だから代助は鈴蘭より百合を選んでしまうし、不倫の恋に堕ちていってしまうんだね。

自分の気持ちをごまかせなくなり三千代に愛を告白した代助は、帰宅後、庭に出て百合の花を「自分の周囲《まわり》に蒔《ま》き散らした」ばかりか「その間に曲《かが》んでいた」んだ。あれだけ百合の花を嫌い警戒していた男が、自分で百合を買ってきて、撒《ま》き散らし、そのなかに我が身を置いている。つまり、**百合に負けた**んだ。遠ざけておくことができなかったんだね。

それは三千代との道ならぬ恋のはじまりであり、上流階級からの転落のはじまりでもある。『それから』に出てくる百合は本当に不吉だ。**人生を狂わせる、死の花**だよ。

作家というのは小説のなかでイメージを動かしていくものだけど、こうして見てみると**漱石のイメージ操作は半端じゃない**よね。でも、**なるべく多くのイメージの素を見つけて、それを脳内で増幅させ、世界を構築していくというのは、大変高度で贅沢な小説の読み方**だ。

とはいえ、イメージするって頭を使うからけっこう疲れるよね。君たちもイメージ疲れしてきた頃だろう。そうだ、ブレイクがてらフルートを吹こうか？　甘い物でも食べながら、のんびり聴いてくれていいよ……と言いたいところだけど、やっぱり『それから』を読んだら三千代のテーマとか吹きたくなるよね！　なんだか癒しとは正反対の、おどろおどろしい曲になりそう。どんな出だしがいいかなあ？　小説と一緒で、音楽も冒頭が重要だと思うから、けっこう悩むなあ……。

第10章

『明暗』

小説は未完でもいいのだ

⊙漱石最後の長編小説。一九一六年（大正五）『朝日新聞』に連載されていたが、漱石の死により未完に終わる。主人公津田を中心に、「我執《がしゅう》」にとらわれる人々の関係と行動が描かれる。後、水村美苗『続明暗』、永井愛『新・明暗』など、ほかの作家により完結編が書かれた。

僕はこれまで繰り返し漱石作品を読んできたわけだけど、もしナンバーワンを決めろと言われたら、『吾輩は猫である』と『明暗』のどちらかということになる。漱石が最初に書いた小説と、最後に書いた小説だね。全くタイプの異なる作品だけど、漱石の傑作というだけじゃなくて、日本の近代文学史全体を見渡してみても、やっぱり傑作だと思う。とくに『明暗』は、漱石が執筆途中で亡くなってしまったから未完のままなんだけど、そんなことは問題にならないくらい素晴らしい作品だ。実は『明暗』だけじゃなくて、二葉亭四迷の『浮雲』や、尾崎紅葉の『金色夜叉』なんかも未完だけど傑作だと言われているんだよ。だとすれば、こう言うことができるだろう……

OKUIZUMI EYE

小説は未完でもかまわない！

小説って、べつに未完でもいいいんだよね。**終わろうが終わるまいが関係ない**というか。ちょっと乱暴な言い方のようだけど、本当だよ。

まあ、これまでにも僕が「小説は全部読まなくてもいい」とか「物語は無視してもいい」とか、みんなが絶対言わないようなことばかり言ってるから「小説が終わってなくてもべつに問題ないよ」と言われたところで、もう君たちは動じないかもしれないね。むしろ、動じないでいてくれたら、僕は嬉しい。

小説は終われない

『明暗』は「小説は未完でもかまわない」ということを示す典型例のような作品だ。『明暗』を読んで**「未完だからダメ」と言う人はおそらくひとりもいない**と思うな。

ほかのことで不満を言うことはあっても、未完であることを理由に作品の評価を下げる人はいないだろう。

というよりも、そもそも小説というのは終わることが不可能なんだよ。**原理的に言えば、どんな小説も終われない**。もちろん「物語が終わる」ということはあるよ。たいていの小説には、物語があり、起承転結があって、やがて終わりがくる。でも、小説それ自体は終わる必要がないんだ。そもそも、終わりを目指すものじゃないからね。

このことを音楽で喩えてみようか。たとえば西洋のクラシック音楽は、終わりを目指すところがある。起承転結があって、終わりに向かって楽曲が構築されていくわけだね。だけど、西洋以外に目を向けてみると、**起承転結をそこまで重要視していない音楽はいっぱいある**。演奏するときは、とりあえずやりたいだけやって、終わりたくなったらいきなり終わる。民族音楽にはそんな音楽がけっこうあるんだよ。

たとえばレゲエのライブなんかだと、とくに終わりが決まっていない曲の場合は「そろそろ休憩しとくか」とか思ったら、みんなで楽器をジャーン！　って鳴らして、とりあえず終わりにしちゃうことがある。疲れたら終わる。終わりたくなったら終わる。それだけ。とても自由だよね。

小説もそれと同じで、本質的には終わりを目指す必要がないし、終わらなかったとしても、何の問題もない。「小説の本質は物語ではなく文章にあるのだ」ということは、すでに語ったから知ってるよね。つまり、**言葉が運動していくということが小説にとっては何より大事**なんだ。

そして、言葉の運動が大切だとすれば、小説はべつに終わらなくてもいいということになる。だって、言葉が運動すればするほどいい小説ということになるのなら、それを収束させる必要はない。したがって、**小説が完成しているとか未完であるとかいうことには、さほど意味がない**んだよ。

『明暗』は漱石が病気で亡くなったことにより未完となったわけだけど、『吾輩は猫である』はどっちかというとレゲエ的な小説、つまり「**ここらへんで終わらせとくか、ジャーン！」という小説**だね。

『吾輩は猫である』のラストではビールを飲んで酔っ払った猫が水瓶《みずがめ》に落っこちてしまう。それで「吾輩は死ぬ。（中略）南無阿弥陀仏南無阿弥陀仏。ありがたいありがたい」と書かれて終わる。とってつけたような、まさに「ジャーン！」って感じの終わり方。ここで終わる必然性は、はっきり言って何もないんだよね。

だからこのあとに「**吾輩は九死に一生を得た！」とかいってまた新しい話がはじまっても全然違和感がない**。『吾輩は猫である』は、物語より小説＝言葉の運動に重点が置かれているから、猫が死のうが生きようがあまり関係がないんだ。

ただ、作家というのはプロだから一応は起承転結に配慮して物語を終わらせようとする。僕だってそうだ。第一、原稿を書いて本にしなくちゃいけないってことを考えると、やっぱり物語は大事だし、起承転結だってちゃんと考える。なんだかんだ言っても、小説と物語は切っても切れない関係だ。でも、**小説の本質は物語にはない**。それだけははっきり言っておこう。

漂いまくる緊張感！

『明暗』には、**未完であるということを超えた、小説としての高い完成度がある**。だから未完だけど傑作。物語としてはたしかに終わっていないけど、小説としてはあるひとつの世界を十二分に描いていると言えるだろうね。

まず、この作品には**人間の実存の問題が「これでもか！」というほど書かれている**。実存については、『こころ』の章でも解説したよね。他人が何を考えているのか分からないから、人間関係をクリアに見通すことができない。でもその他人と関係しなければ僕らは生きていけない。そういうことだったね。

相手のことがよく分からないまま、愛したり愛されたり、認めたり認められたりしなくてはいけないという世界に僕たちは生きていて、それは大変な困難をともなうものだ。

人間の実存をめぐる困難が凝縮されていることは、作品全体にみなぎる緊張感を読めば明らかだ。これがこの作品のすごいところなんだけど、**大事件が起こるわけでもないのに、やたら緊張感があるんだよ**。せいぜい、主人公の津田と清子という女との間に縁談が昔あって、どういう理由かはっきりしないまま破談になってしまったという過去があるだけ。この程度のこと、ふつうだったら何でもないよね。

それなのに、津田と妻のお延《のぶ》の夫婦関係はすごくギクシャクしているんだ。理由なきギクシャクがずっと続く。単純に言えば、この夫婦はお互いに愛し愛されたいと思っているだけなんだよ。「じゃあ愛し合えばいいじゃん！」と思うよね？　僕だってそう思うよ。

ところがそうスムーズにはいかない。お互いの気持ちが見通せないから、前進できない。むしろ関係がどんどんおかしくなっていってしまうんだ。

津田夫婦だけじゃない。彼らの親戚や知り合いがいろいろ出てくるんだけど、この人たちもみんな相手の真意がよく分からないなかで、愛したい、愛されたい、認めたい、認められたいと苦闘している。これはもう**関係の地獄**だよね。

『明暗』の登場人物たちはみな、真っ暗な関係の地獄のなかで、お互いを手探りで知ろうともがいている。**もう、緊迫しっぱなし**。忠告しておくけど、読む方も体力を奪われるから、**元気なときに読んだ方がいいよ**。

ドストエフスキー的関係の地獄

近代小説史上で関係の地獄をはっきりと主題化したのはドストエフスキーなんだけど、彼の名前も『明暗』に出てくる。とすれば、**漱石はドストエフスキーの影響も受けている**と考えられるよね。おそらく漱石は『明暗』を通じて、ドストエフスキーが書いたような関係の地獄を描いてみようとしたんだろう。

たとえば、作中では津田と友人の小林がドストエフスキーの小説について話をするんだけど、津田は読んだことがないからよく分からないと言うんだね。でも小林は心酔しきっている。

「如何《いか》に人間が下賤であろうとも、また如何に無教育であろうとも、時としてその人の口から、涙がこぼれるほど有難い、そうして少しも取り繕わない、至純至精《しじゅんしせい》の感情が、泉のように流れ出して来る事を誰でも知ってるはずだ」……ドストエフスキーの魅力について小林は熱く語るんだけど、実は彼の先生というのが、ドストエフスキーを評価しないいんだ。

「ありゃ嘘だ」と言ったり、「感傷的に読者を刺戟する策略に過ぎない」「一種の芸術的技巧に過ぎない」と言う先生に小林は本気で腹を立てたと津田に語って聞かせる。

そしてついには「感慨に堪《た》えんという顔をして、涙をぽたぽた卓布《テーブルクロース》の上に落した」。つまり、先生の**無理解に怒り悲しんでいるうちに泣いちゃった**んだ。

ここにはドストエフスキーの解釈をめぐる、小林と先生の分かり合えなさが描かれているわけだけど、**泣いている小林を見ても津田がひとつも心動かされない**という、もうひとつの分かり合えなさも描かれている。

「感激家によって彼の前に振り落された涙の痕《あと》を、ただ迷惑そうに眺めた」……津田と小林の間に横たわる埋めようのない断絶は、本当に残酷で、でもリアルだ。

もともと漱石は実存の問題について書く作家だけど、『明暗』以前までは、書こうと思って書いたというよりは、気づくと書いちゃってるという感じが濃厚だった。作品を書き進めるうちに自ずと出ちゃうというか。

作家というのは、必ずしもテーマを決めてから書きはじめるものではなくて、書いているうちにその人の抱えているテーマというのが出てきてしまうことがあるんだよね。漱石は他者と関係することの難しさ、コミュニケーション不全の問題というものを、もともとテーマとして抱えていて『吾輩は猫である』や『坊っちゃん』みたいな、比較的明るい作品にすら、それが出ちゃってたよね。

しかし『明暗』では、**実存の問題、関係の地獄というものを作品のテーマとして小説中に展開しようという意志**がはっきりと感じ取れる。ほかの漱石作品との大きな違いと言えるだろう。

さまざまな人々の、さまざまな視点と内面

他作品にはない特徴ということで言えば、女性の視点や内面が描かれているということもある。**漱石の小説って、女性が出てきてもたいてい何を考えているか分からないんだよね。**男性の側から女性を観察してはみるんだけど、結局本心は分かりませんでした、という話が多い。

『三四郎』だったら、三四郎から見た美禰子が描かれるし、『それから』も代助から見た三千代が描かれる。

女性の視点や内面が描かれないために、**女性はひとつの謎として存在していたわけだけど『明暗』は違う**んだ。たとえば妻のお延が何を考えているかということがちゃんと描かれている。夫が何を考えているか分からない、夫の本心が見えない、というお延の正直な気持ちが描写されているんだ。

実はお延だけじゃなくて、そのほかの人物の視点、内面もかなりしっかりと書かれている。ということは、それだけ多方向的に登場人物が関係し合うことになるよね。となると、関係の地獄もより大変なものになる。

そういう意味で、それまでの漱石作品と比べてはるかにスケールの大きな世界が描かれていると言えるだろう。限られた人物から見た一面的な世界ではなく、**複数の人物から見た多面的な世界が立ち上がってくる**。それが『明暗』の素晴らしいところなんだ。

こういうのが好きな人は、**副読本としてドストエフスキーも読んだ方がいい**と思う。ドストエフスキーを副読本というのもなんだけど、とにかく絶対面白いよ。ドストエフスキーの登場人物たちはみんな、他人というものが見えないんだ。だから思ってもないことをしてしまうんだね。本心とは正反対のことを言ったりさ。そういうことが繰り返される。

でもそれは、僕たちの日常でも起こっていることだよね。どんなに努力しても、他人の心というのは見通せないものだし、そのせいで自分でもわけの分からないことをしでかしてしまう。そして後悔する。「ああ、こんなつもりじゃなかったのに」って。

こういうときってよく「無意識のうちにやってしまった」という言い方をするじゃない？　無意識というのは、意識できない意識のことだけど、それって簡単に言うと他人の意識のことなんだよね。自分で意識できない以上、**無意識というのは自分の意識ではない、自分のなかの他人の意識**と言っちゃってもいい。

じゃあ、無意識は他人の意識だから何の意味もないかというと、決してそんなことはない。むしろ、むちゃくちゃ意味がある。

「無意識に何かをする」ということは、自分のなかの他人の意識に突き動かされて行動してしまうということだと言っちゃっても、そんなに間違っていない。行動するのはもちろん自分だけれど、その行動を自分ではコントロールできないから、うっかり他人を傷つけたりしてしまう。なんだか**人間って厄介**だよね……。

こういう厄介さを書かせたら、やっぱりドストエフスキーは最高だよ。『明暗』が気に入った人は是非とも読んでほしいな。

下流の人間が出てきた！

『明暗』には、もうひとつ他作品にはない重要な特徴がある。『それから』の章で「漱石作品に出てくるのは上流階級の人ばかり」という話をしたけど、『明暗』はちょっと違うんだ。**下流の人間が、ちゃんと描かれている**んだよ。

さっきも出てきた小林、こいつが圧倒的な存在感を示している。上流階級の人間と関わり合い、階級差を超えて揺さぶりをかけてくる、そういう人物だ。こういうキャラクターを配置しているところが**近代小説として本格的**だと僕は思う。

津田に愛されているのか不安に思うお延に、「奥さんあなたの知らない事がまだ沢山ありますよ」と言うのを、お延が「あっても宜《よろ》しいじゃ御座《ござ》いませんか」と突っぱねると「実はあなたの知りたいと思ってる事がまだ沢山あるんですよ」「あなたの知らなければならない事がまだ沢山あるんだといい直したらどうです。それでも構いませんか」といやらしくたたみかけるんだ。いかにも一筋縄ではいかない感じがするだろう？

この男は自分を「僕のような愚劣な人間」と表現したりして、**どうせ下流ですよという顔をしながら上流階級の津田やお延を脅《おびや》かす**んだ。嫌な奴だけど、それがたまらなく魅力的でもある。

いくつになっても、人は愛されたい

『明暗』に出てくる人物はみんな懸命なんだよね。愛されたい、認められたいと思って生きている。いわゆる承認欲求というやつだ。もちろん、受け身でいるばっかりじゃなくて、他人のことも愛したい、認めたいと思っている。相互的な関係を結びたいんだ。でも、それはすごく難しいことであり『明暗』はそのことを一切妥協せず書いている。

いま十代の君たちにも、人から認められたい承認欲求というのはあるだろう。それが叶えられなくて苦しむこともあるだろう。でも、大人も一緒だ。津田たちを見ればそれがよく分かる。これは僕らに一生ついてまわる問題で、すっきり解決するなんてことはないんだ。**承認欲求の問題は、大人も子どもも関係ない。**昔の人も未来の人も関係ない。非常に普遍的な問題だ。

だから『明暗』を一回読んで、おしまいにしてはもったいないよ。これからの人生で何度も読んだ方がいい。そしてときどきは、登場人物たちがどんな結末を迎えるか考えてみるといい。

「小説は物語じゃない」ということを言い続けてきた僕だけど、いまの君たちなら、それを理解した上で、物語の力というものを扱えると思う。小説は物語とは違うけれど、物語は人間にとって大きな力を持つものだからね。

たとえば、夫の愛を信じられずにいるお延は、この先どうなっていくんだろう？このままじゃ、あまりにも可哀想だ。僕はもし漱石がこの先を書き続けたとしたら、無理矢理でもいいからお延を救う方向に持っていったんじゃないかと思うんだよね。

もちろん、『明暗』は未完なんだから、正解はないよ。でも、**未完だからこそ、物語を自分で考える楽しみが残されているんだよね。**

言葉と小説は人生に役立つか？

未完の物語の続きを考えるということは、べつに小説じゃなくてもできるかもしれない。映画にもドラマにも未完の物語はあるだろうしね。じゃあ、小説であることのメリットとは何か？　それはやっぱり、**小説が言葉でできている**ということに尽きると思う。

言葉の世界はとても広がりがある。知ってる言葉、知らない言葉、優しい言葉、厳しい言葉、いろんな言葉がある。もし、言葉の使い方を誤れば、人を傷つけることもある。その意味で**言葉というのは危険だ**。人を殴るのは危ないことだというのは誰の目にも明らかだけど、言葉だって十分危険だ。人を殴ったのと同じくらいのダメージを言葉で与えることは、実はそんなに難しくない。『こころ』の先生がKにしたことを思い出してほしい。Kは先生の言葉によって殺されたということもできる。

言葉を使うことは難しい、言葉はすぐに凶器になり得る。つい言ってしまったひと言が誰かを傷つけたり、逆に自分が傷つけられたりする。なぜそういうことが起きるかというと、言葉に力があるからだ。でも、**言葉に力があるからこそ、人を励ましたり、人を生かすこともある**。

それが良いことか悪いことかは別問題として、とにかく言葉には力がある。力を持っちゃってる。言葉は人を生かしたり豊かにしたり励ましたりもするけれど、人を傷つけたり、極端なことを言えば死に追いやることさえある。だから、**僕らは生きていくために、言葉について知る必要がある。**できるだけたくさん言葉の世界を歩いておく必要がある。

言葉を扱う技術、あるいは言葉を受け止める技術というのは、もちろん身近な人とおしゃべりをしたりするなかでも身につけることができる。現実のなかで言葉について知る機会は当然ある。

でも、小説という虚構の世界は、現実の世界以上にさまざまな言葉が飛び交い、言葉の力がどのようなものかをシミュレーションすることができる、これ以上ないほど優良な実験場だ。古今東西、過去から現在までの、実にさまざまな言葉にまみれることができる。

つまり**「言葉がどういう力を持つのか?」を知るためのサンプルが小説にはたくさんあるんだよね。**そして、**小説を読んで言葉を使う技術を獲得していくことは、自分の人生をより豊かにすることにつながっていく**だろう。だから小説を読んでほしい。勉強や部活が忙しくて読めない時期があっても仕方ないけれど、またいつか時間があるときに戻って来てほしい。

本当のことを言うと、小説だけが君たちの人生を豊かにするものではない。でも、ひとつの近道ではある。そう思います。そのときに君が手にする小説が夏目漱石のものだったら、それは**最高の近道**だと言えるだろうね。なぜなら漱石作品には、言葉の豊かさがあるから。単純に言葉の数が多いし、魅力的なフレージングもたくさんある。言葉の織りなす世界の豊かさというものを体感するにはもってこいなんだ。

すごく水量の豊かな泉みたいなものでさ、飲んでも飲んでもまだある、みたいな感じ。僕はこの歳《とし》になってもまだ漱石作品を読んで心底楽しいなあと思っているんだよ。たぶん、**一生この泉は枯れない**ね。

全十章にわたって漱石作品を読んできたわけだけど、どうだったかな？　いままでの漱石イメージがいい意味で壊れただろうか？　そしていままで知らなかった小説の読み方を体得できただろうか？　これからの君たちの読書がすごく愉快なものになると、僕は確信している。言葉の力は大事だから、ここは断言しておこう。**君たちの読書は、相当楽しいものになる！**

さあ、そろそろお別れの時間だ。とはいえ小説に終わりがないように、**この本にも終わりはない**。またいつでも気が向いたときにめくってみてよ。言葉の世界の広さに迷いそうになったら、ここに戻ってくれれば、何らかのヒントが見つかるだろう。僕だったらいつもここで小説を書いたり、フルートを吹いたりして待ってるからさ。じゃ、また会おう！

本書における夏目漱石作品の引用は岩波文庫及び『漱石全集』（岩波書店）に拠りました。
また、引用にあたり、歴史的仮名遣いは現代仮名遣いに、旧字は新字に改め、適宜振り仮名を付しました。

構成・編集協力　トミヤマユキコ

本書は二〇一五年四月に小社より刊行された『夏目漱石、読んじゃえば？』（「14歳の世渡り術」シリーズ）を文庫化したものです。

夏目《なつめ》漱石《そうせき》、読《よ》んじゃえば？

二〇一八年 五 月一〇日 初版印刷
二〇一八年 五 月二〇日 初版発行

著　者　奥泉《おくいずみ》 光《ひかる》
発行者　小野寺優
発行所　株式会社河出書房新社
〒一五一－〇〇五一
東京都渋谷区千駄ヶ谷二－三二－二
電話〇三－三四〇四－八六一一（編集）
〇三－三四〇四－一二〇一（営業）
http://www.kawade.co.jp/

ロゴ・表紙デザイン　粟津潔
本文フォーマット　佐々木暁
印刷・製本　中央精版印刷株式会社

Printed in Japan　ISBN978-4-309-41606-9